내 인생을 바꿔줄
가슴뛰는 한 마디

내 인생을
바꿔줄

가슴뛰는 한마디

Heart
beating word
Wealth and
Success

【 지은이 박형근 】

미래북
miraebook

Heart beating word

무엇을 주목하느냐가 아니라
무엇이 보이느냐가 중요하다

헨리 데이비드 소로

시련과 고난을 넘어
희망의 꽃을 피우게 한 말 한마디

사람은 누구나 자신의 미래에 대한 장밋빛 꿈들을 그리며 하루하루를 살아간다. 그러나 우리는 그러한 꿈의 밑그림을 채 완성하기도 전에 크고 작은 시련과 역경을 만나 가슴앓이를 하고 수많은 걸림돌에 채여 좌절의 쓰라림을 맛보기도 한다.

때로는 내 주위의 동료, 선배, 친구들과 나 자신을 비교하며 남들은 순탄하게 성공도 하고 돈도 벌어 출세가도를 달리는데 나만 일이 제대로 풀리지 않는 것 같고 짓궂은 불운은 나에게만 찾아오는 것처럼 느껴질 때도 있다.

그러나 실망할 필요는 없다. 우리가 느끼는 이러한 좌절감은 비단 우리와 같은 평범한 사람들에게만 찾아오는 것은 아니기 때문이다.

역사적으로 위대하다고 평가받는 인물들을 비롯하여 우리 주변에서 만날 수 있는 성공한 많은 사람들의 인생에도 견디기 힘든 고난의 순간들이 있었다. 그리고 그러한 순간에 그들의 뒤에서 격려의 손을 내밀어준 부모, 스승과 같은 훌륭한 멘토가 있었다.

이 책 속에는 정치, 사업, 예술, 학문, 스포츠 등 다양한 분야에서 이름을 남긴 사람들이 자신의 이야기를 통해 삶의 과정에서 뜻하지 않게 만난 역경의 순간들을 고백하고, 그러한 좌절의 순간에 누군가가 건네준 따뜻한 말 한마디로 용기를 얻어 고난을 극복했던 경험담들을 들려주고 있다.

중요한 시기에 닥친 고비를 슬기롭게 이겨낼 수 있었던 이들의 인생 이야기와 희망의 꽃을 피울 수 있도록 큰 힘을 주었던 멘토들의 메시지를 통해 현재 우리들에게 닥친 어려움 또한 지혜롭게 극복할 수 있는 용기를 얻어갈 수 있게 되기를 바란다.

CONTENTS

Prologue

Heart beating word

PART 4 후회 없는 선택을 위하여

Heart beating word

PART 7 도전과 용기 있는 삶을 위하여

성공과
실패에
대해서

실패를 두려워하게 되면 인간은 아무것도 하지 않으려 한다.
반대로 실패를 인정하면 인간은 자유로워진다.

+ 잭 웰치

Heart beating word

인생을 즐기려고만 하는 사람은
어떤 일도 이루지 못할 것이며
자신을 다스릴 수 없는 사람은
평생 노예나 다름없는 삶을 살 것이다.

01

남을 도울 줄 아는 사람이
진정한 성공자다

반드시 훌륭한 사람이 되어
남을 돕는 사람이 되어야 한다.

제임스 가필드

나는 매우 가난한 집안에서 태어났다. 아버지가 일찍 돌아가
셔서 통나무집에서 홀로된 어머니와 함께 살았다. 그래서 초
등학교에 다닐 때 책을 살 돈이 없어 친구의 책을 빌려서 숙제
를 하거나 공부를 했다.

나의 어머니는 매우 인자하시고, 강인한 분이었다. 한 번도 가
난한 것에 대해서 불평을 하는 것을 보지 못했다. 그러나 가난
한 것이 오로지 어머니의 잘못인 양 항상 우리 형제들을 측은

한 마음으로 대하셨다. 마음으로만 미안한 마음을 가지는 것이 아니라 항상 "애야, 부모 노릇 제대로 못 해서 참 미안하구나." 말씀하시며 우리를 위로하셨다.

그럴 때마다 나는 어머니에게 말했다.

"어머니, 걱정하지 마세요. 반드시 훌륭한 사람이 될 테니까요."

나는 단순히 어머님을 위로하기 위해서 그런 말을 하는 것이 아니었다. 고생하시는 어머님을 위하는 길이 오로지 공부를 열심히 하여 훌륭한 사람이 되는 것이라고 생각했다. 그러자 어머님은 얼굴에 함박웃음을 띠면서 말했다.

"암, 그래야지. 반드시 훌륭한 사람이 되어 남을 돕는 사람이 되어야 한다."

나는 어머님의 말씀을 명심하고 공부를 열심히 했다. 그리하여 고등학교를 졸업하고 윌리엄스 대학에 입학했다.

초등학교 때부터 1등을 빼앗겨 본 적이 없는 나는 오하이오 대학 입학 후 다른 과목에서는 계속 1등을 했으나 수학에서만은 한 친구에게 졌다. 2학기에 들어가면서 나는 수학도 1등을 하겠다는 욕심으로 열심히 했으나 2학기 1등마저 그 친구에게 빼앗겼다.

실망한 나는 그 친구가 나보다 머리가 더 좋아서 그런 것 같다고 생각했으나 분명 다른 이유가 또 있을 것이라고 생각했다.

'분명 이유가 있다. 내 생각에는 머리가 나보다 더 좋아서가 아니야. 확인해 봐야겠다.'

어느 날 밤늦게 공부를 마치고 취침하기 전 기숙사 화장실에 가는 길에 그의 방을 보았다. 그의 방에는 아직도 불이 켜져 있는 것이 아닌가? 나는 그때서야 그 친구가 나보다 성적이 좋은 이유를 알았다. 나보다 10분 더 공부하고 자는 것이 그의 성적이 나보다 뛰어난 이유였다.

나는 그때부터 그 친구보다 10분 더 공부하기로 했다. 그의 기숙사 불이 꺼지고 나서 10분 더 공부를 한 다음 취침했다. 그리하여 마침내 2학년에 올라와서 나는 수학은 물론 모든 과목에서 전교 1등을 차지했다. 어머님의 말 한마디가 나를 10분 더 공부하게 만들었고 마침내 전교 수석으로 대학을 졸업할 수 있었다. 그리고 마침내 그 대학 총장의 자리에까지 오르게 되었다. 나는 나중에 대통령에 취임할 때 무엇보다도 하루 10분 더 공부하고 노력하라는 어머님 말씀이 생각나서 취임사에서도 이렇게 말했다.

"10분을 잘 활용하십시오. 그러면 그 10분이 모든 일을 성공적으로 이끄는 원동력이 될 것입니다."

빗물이 모여 냇물을 이루고, 강물이 되고,
바닷물이 되듯이 작은 시간을 아껴 활용해야 한다.
남보다 더 앞서 가려면 촌음을 아껴야 한다.

+ 제임스 가필드 James Abram Garfield, 1831~1881
미 육군 소장, 오하이오 주 상임의원, 1981년 3월에 제20대 미국 대통령에 취임했으나 임기 중에 피살. 통나무집에서 홀로된 어머님 밑에서 자랐지만 열심히 공부하여 오하이오 대학 총장까지 된 입지적 인물.

02

직업의 탓이 아니라
자기에게 문제가 있음을 알라

사실은 직업이 당신을 고통스럽게 하는 것이 아니라
당신이 직업을 고통스럽게 만들고 있습니다.
당신이 이 어려움을 이겨낼 수 있느냐 하는 것은
당신이 이 직업을 계속 하느냐 안 하느냐가 아니라
당신이 마음을 바꿀 수 있느냐 하는 것임을 깨달아야 합니다.

하라 이벳

내가 생계수단으로 세일즈맨이라는 직업을 택하여 보험 사원으로 일본 전국을 돌아다니며 보험 상품을 팔러 다닐 때의 일이다. 얼마 동안 그런대로 성과가 올라 생계는 유지할 수 있겠다고 생각한 지 얼마 되지 않아 나에게 슬럼프가 찾아왔다. 활동은 열심히 하는데도 실적이 전혀 오르지 않았다. 그러자 의욕도 없어지고 이 직업을 그만둬야겠다는 생각을 하고 그때까지 다니던 직장을 그만두지는 않았지만 적당히 거짓말을 대고 며칠에 한 번씩 출근하더라도 세일즈 활동을 접은 상태였다.

그러던 어느 날 나는 어느 동네를 지나가다가 동네 입구에 있는 조그마한 절간을 방문하게 되었다. 나는 그곳에서 요시다라는 스님을 만났다. 나는 스님에게 세일즈 생활의 어려움과 말 못할 고충을 이야기했다. 나는 이제 이 직업을 그만둬야 되겠다고 말하면서 하소연을 했더니 나의 이야기를 귀를 기울여 다 듣고 있던 요시다 스님은 입을 열었다.

"당신이 지금 겪고 있는 직업적인 고통은 모두 당신이 만들어낸 것이오."

그러자 조금 화가 난 나는 눈을 치켜뜨고 말했다.

"스님이 이 직업에 대해 몰라서 하는 이야기입니다. 집을 방문했다가 면전에서 쫓겨나는 것은 보통이고……."

그러자 요시다 스님은 나의 말을 가로막고 말했다.

"압니다. 그러나 당신이 지금 하고 있는 세일즈 직업도 모든 세일즈맨에게 당신처럼 고통만 주는 것은 아닙니다. 오히려 그 직업을 통해서 보람을 느끼는 사람이 더 많을 겁니다. 사실은 직업이 당신을 고통스럽게 하는 것이 아니라 당신이 직업을 고통스럽게 만들고 있습니다. 당신이 이 어려움을 이겨낼 수 있느냐 없느냐 하는 것은 당신이 이 직업을 계속 하느냐 안 하느냐가 아니라 당신이 마음을 바꿀 수 있느냐 하는 것임을 깨달아야 합니다."

이 스님의 말에 나는 뒤통수를 몽둥이로 얻어맞은 것처럼 명해지면서 아무런 생각이 들지 않았다. 처음에는 화가 났다. 남의 사정은 조금도 생각하지 않고 말한 스님에게 분노를 느꼈다. 그러나 정신을 가다듬자 그때서야 스님의 말이 가슴에 와닿았다. 지금까지 내가 성과를 올리지 못한 것이 보험 판매원이라는 직업 때문이 아니라 나 자신에게 문제가 있음을 깊이 뉘우쳤다.

그때부터 나는 어려움이 닥칠 때마다 스님의 충고를 되새기고, 깊이 마음속에 간직하여 나의 좌우명으로 삼았다. 그리하여 어둡고 절망적인 순간을 말끔히 씻고 새로운 전기를 맞게되었으며, 결국 나는 일본 최고의 세일즈맨으로 성공할 수 있었다.

세일즈뿐만 아니라 어떤 직업이든지 힘들지 않은 것은 없다.
그러나 그 직업이나 일을 자신의 천직으로 생각하면 달라진다.
문제는 직업의 종류가 아니라 그 직업에 대한 나의 자세인 것이다.

+ 하라 이벳
일본 최고 보험 판매 사원.

실패를 받아들일 줄 모른다면
성공하는 법도 알 수 없다

만일 실패를 받아들일 줄 모른다면 너는 멋지게
성공하는 법도 알 수 없을 것이다.

잭 웰치

미국 매사추세츠 살렘의 평범한 가정에서 태어난 나는 왜소한 몸집에 어려서부터 말을 더듬었지만 어머니의 끔찍한 사랑으로 자라 늘 자신감이 넘쳤으며 승부욕이 강했다.

나는 자라서 1960년에 토머스 에디슨이 세운 GE에 들어가 많은 어려움을 극복하고 20년 만에 회사 설립 이후 최연소 CEO가 되었다.

나는 20년 동안 끊임없는 변화를 이끌어 주주들에게 거액의 재산을 안겨 주었을 뿐만 아니라 GE를 세계 최대 회사로 만들었다. 내가 그토록 많은 업적을 쌓은 데는 어머니의 충고가 결정적인 영향을 주었던 것이다.

이야기는 고등학교 시절로 거슬러 올라간다. 나는 살렘 고등학교 졸업반이었다. 당시 학교를 대표해 동계 마지막 아이스하키 선수로 참여하여 앞의 세 경기에서는 세 팀에게 모두 이겼으나 그 다음 여섯 팀에게는 연속적으로 패하고 있었다. 그 가운데 다섯 팀에게는 한 골 차이로 분패를 했기 때문에 마지막 경기에서 반드시 이기고 싶었다. 팀의 부주장으로서 나는 두 골을 넣었다. 우리 팀 선수들은 모두 경기가 잘 풀려간다고 생각하고 열심히 경기에 임하고 있었다. 그런데 후반에 두 골을 내주는 바람에 동점이 되어 연장전에 돌입했다. 그야말로 승패를 알 수 없는 숨막히는 접전이었다. 경기가 무승부로 끝나는가 하는 순간 잠깐 방심한 사이에 우리는 한 골을 먹어 결국 패하고 말았다.

나는 너무나도 실망스럽고 분하여 스틱을 바닥에 내동댕이쳤다. 그리고 뒤도 돌아보지 않고 선수대기실로 들어갔다. 다른 선수들은 스케이트 옷을 벗거나 유니폼을 갈아입고 있었다. 그때 대기실 문이 열렸다. 모든 선수들의 눈이 한꺼번에 그곳으로 쏠렸다. 그 순간 어머니가 들어오셔서 분해서 어쩔 줄 모르는 내 멱살을 잡아 일으켰다.

"이 못난 놈아!" 어머니가 소리쳤다.

"만일 실패가 무엇인지 모른다면 너는 영원히 성공하는 법도 알 수 없을 것이다. 실패의 의미를 정녕 모르겠다면 경기에 참가하지 마라."

그러시고는 문을 박차고 밖으로 나가셨다.

그날 저녁 나는 어머니에게 사과를 했다.

"어머니, 죄송해요. 다시는 이렇게 못난 짓 하지 않을께요."

나는 친구들 앞에서 창피를 당하여 아무 말도 못했지만 어머니가 그때 하신 말씀을 영원히 잊을 수가 없었다.

어머니는 나의 인생에 가장 큰 영향을 주신 분이다. 그때 나에게 어머니는 경쟁의 가치를 알려주었으며, 성공의 기쁨을 맛보기 위해서는 실패의 쓴 잔을 마실 줄 알아야 한다는 성공의 철칙을 깨닫게 하셨다. 그 후 GE에 입사하여 어떤 문제가 생기거나 계획한 프로젝트가 실패하여 실망할 때마다 아이스하키 경기에 져서 실망했을 때 어머니가 하신 말씀을 떠올리며 나 자신을 추슬렀다. 그 결과 오늘의 위치에 이른 것이다. 이 모든 것이 어머니의 결정적인 말 한마디 덕분이다.

실패를 두려워하게 되면
인간은 아무것도 하지 않으려 한다.
반대로 실패를 인정하면
인간은 자유로워진다.

+ 잭 웰치 Jack Welch 1935-
1935년 11월 19일 매사추세츠 주에서 태어나 대학에서 화학 공부를 하여 학사학위를 받고 1960년
에 일리노이대학에서 화공학 박사학위를 받음. 33세에 GE사 역사상 가장 젊은사업총괄 관리자가
되었으며 부회장을 거쳐 1981년 45세의 나이에 GE의 8대 회장이 됨.

더 높은 곳에 올라가기 위해
노력하는 것이 성공이다

고난이 당신을 더욱 강하게 하고, 강함이 기개를 낳으며,
기개가 사라지지 않는 희망을 싹틔운다는 것을 깨닫는다면
당신의 고난은 결국 행복을 가져다 줄 것이다.
그리고 운명이 당신을 가장 밑바닥으로 끌어내렸을 때
다시 더 높은 곳에 올라가기 위해 노력하는 것이 성공이다.

마커스 카레란더

나는 조지아 주에 사는 한 평범한 자동차 판매상의 아들로 태어났다. 학교 다닐 때 성격이 활발하여 농구, 테니스 등 못 하는 운동이 없을 정도로 만능 운동선수였다. 그런 나에게 뜻하지 않은 시련이 닥쳤다. 그리고 내 인생을 극적으로 변화시키는 일이 일어났다. 20대에 징집에 응하여 군대에 가게 된 것이다.

이라크 군사작전에 투입된 나는 적군으로부터 날아온 수류탄

을 집어서 던진다는 것이 그만 내 손에서 터지고 마는 사고가 발생했다. 이 사건으로 나는 오른쪽 팔다리가 떨어져 나가는 큰 부상을 당했다. 나는 오른쪽 팔다리를 절단하고 파편이 목구멍에 박혀 수술하지 않으면 안 되는 비참한 처지에 놓이게 되었다. 도저히 상상할 수 없는 최악의 상황을 만난 것이다.

주위 사람들은 모두 나는 이제 모든 희망을 잃었으므로 자살이나 극단적인 길을 택할 것이라고 생각했다. 그러나 나에게 희망을 준 것은 다름이 아닌 나의 아버지였다. 한쪽 팔다리를 절단하고 목구멍마저 수술해야 하는 나에게 아버지는 격언집에서 절망적인 상황에 놓인 아들에게 용기를 줄 명언을 생각하다가 다음의 구절이 적합할 것이라고 생각하여 읽어주었다.

'고난이 당신을 더욱 강하게 하고, 강함이 기개를 낳으며, 기개가 사라지지 않을 희망을 싹틔운다는 것을 깨닫는다면 고난은 당신에게 결국 행복을 가져다준다.'

한창 젊은 나이에 두 다리와 한 팔을 잃었다는 것은 인간적으로 볼 때 매우 충격적이고 좌절할 수밖에 없지만 나는 깊은 절망 속에서도 아버지가 들려주시는 격언을 마음속에 되새기면서 희망의 끈을 놓지 않았다.

나는 운명이 나를 더 이상 내려갈 수 없는 밑바닥으로 끌어내렸지만 그것에 좌절하거나 실망하지 않고 높은 곳을 향해서 나아가는 것이 곧 성공이라는 아버지의 메시지를 기억하면서 실망과 좌절할 때마다 나 자신을 격려했다. 그리고 반드시 재기하겠다고 다짐했다.

나는 귀국하여 정치에 문을 두드렸다. 조지아 주 의회에서 잠시 일을 한 후 부주지사에 출마했으나 실패했다. 그러나 나는 실망하지 않고 특수 제작된 자동차를 몰고 전국을 돌아다니면서 퇴역군인을 위한 활동을 했다. 1977년에 카터 대통령에 의해서 최연소자로 전국퇴역군인회 회장으로 임명되었다.

카터 대통령이 퇴임한 후 나는 고향으로 돌아가서 주의회 의장에 선출되었다.

이 모두가 두 다리를 절단하여 인생에서 가장 비참한 시기에 아버지께서 들려주신 한마디 '운명이 나를 가장 밑바닥으로 끌어내렸지만 더 높은 곳을 향하여 올라가는 것이 성공'이라는 말이 내 인생을 시련과 고난에서 용기를 갖고 일어나게 한 것이다.

자신이 열정을 갖고 있는 일, 사랑하는 일에 몰입할 때 느끼는 즐거움은 지상 낙원에서 보내는 휴가보다 값지고 효과적이다.
＋마커스 카레란더 _ 카터 대통령에 의해 미국 최연소 퇴역군인회 회장 취임, 조지아 주 주의회의장 선임.

시련 뒤에는 반드시
예상하지 못한 수확이 숨어있다

|

하느님은 공평하신 분이란다.
그분은 모든 사람들의 인생을 계획해 두시지.
시련 뒤에는 반드시 예상치 못한 수확이 숨어 있단다.
하느님이 너를 위해 계획하신 것에 대해 감사해야 해.

라이뚱진

내 아버지는 장님이고, 어머니는 중증의 시각장애자였다. 누나와 나를 제외한 동생 열 명이 모두 장님이었고, 장애를 가진 아버지와 어머니는 구걸을 해야 생활을 할 수 있었다. 우리 가족은 마을에서 떨어진 공동묘지에서 살았다. 그리하여 나는 태어나자마자 죽은 이들과 친구가 되었고, 걸음마를 시작하고서부터는 입에 풀칠을 하기 위해 동네로 구걸을 하러 다녀야만 했다.

내가 아홉 살 때 주위 사람들 중에 누군가가 아버지에게 말했다. 그분은 어떤 분인지 모르지만 참 고마운 분이었다.

"아들을 학교에 보내게. 그렇지 않으면 아들도 거지로 밖에 살 수 없네."

아버지는 그분의 말대로 나를 학교에 보냈다. 학교에 간 첫날 선생님은 나를 씻겨주시면서 평생 동안 잊지 못할 중요한 말씀을 해주셨다. 그때 태어나서 처음으로 목욕을 한 것이었다.

"하느님은 공평하신 분이란다. 그분은 모든 사람들의 인생을 계획해 두시지. 시련 뒤에는 반드시 예상치 못한 수확이 숨어 있단다. 하느님이 너를 위해 계획하신 것에 대해 감사해야 해."

나를 공부시키기 위해 누나는 팔려갔다. 이때부터 나 혼자 부모님과 동생들을 돌보면서 학교에 다녔다. 나는 하루도 빠지지 않고 학교에 다녔고, 학교에 다녀와서는 가족들을 먹여 살리기 위해서 구걸을 다녔다. 그러면서 나는 항상 선생님이 해주신 말씀을 잊지 않고 생각했다.

'하느님이 나에게 주신 예상치 못할 수확이 무엇일까, 그리고 그 수확이 언제쯤 올 것인가?'

전문학교에 진학하여 그곳에서 좋은 여자 친구를 사귀었으나 그의 부모님은 우리의 교제를 적극적으로 반대했다.

어느 날 우리가 만나는 것을 알게 된 여자 친구의 아버지는 나를 흠씬 두들겨 팼다. 여자 친구 아버지로부터 매를 맞으면서도 선생님이 하신 말씀을 잊지 않았으며 여자 친구의 아버지를 원망하지 않고 대신 감사하는 마음을 가졌다. 오히려 사랑을 얻기 위해서는 많은 고통이 따른다는 것을 깨닫게 해준 여자 친구 아버지께 감사했다.

그렇게 낮에는 학교, 집에 돌아와서는 가족을 위해 구걸하면서 나는 시간이 날 때마다 틈틈이 내가 살아온 지금까지의 삶에 대해서 글을 쓰기 시작했다. 다른 사람이 보기에 한없이 부끄럽고 창피한 삶이지만.

글을 다 썼을 때 우연치 않게 출판사를 운영하는 친구를 만나 지금까지 쓴 글에 대해서 말하자 그는 반색을 하면서 읽어보자고 했다. 그리하여 그동안 써 놓은 글을 그에게 주자 그는 며칠 후 그 글을 책으로 내겠다고 했다. 그 순간 선생님이 하신 말씀이 생각났다. 하느님께서 나를 위해서 계획하신 수확이 이제야 나타나는지 모르겠다고. 책의 제목은 〈가족〉이라고 지어 출판되자마자 뜻밖에도 많은 사람들로부터 사랑을 받아 그 해 베스트셀러가 되었다. 그리고 고난 가운데서도 누구를 원망하지 않고 감사하는 생활을 한 나의 삶을 가상히 여겨 타이완 시에서 타이완 우수청년 중에 한 사람으로 뽑혔다. 이 모두가 선생님께서 나의 더러운 몸을 씻기면서 하신 말씀을 잊지 않고 감사하면서 열심히 살아온 덕분이라고 생각한다.

나는 선생님으로부터 누구도 원망하지 않고 하느님이 나를 위해 준비한 계획에 감사하는 법을 배웠다.

나는 시련의 연속이었던 내 운명에 감사한다. 시련은 나를 더욱 강하게 단련시켰고, 나에게 남다른 인생을 살게 해주었기 때문이다.

앞날에 대해서 예측하고 준비하는 것과 근심하고 걱정하는 것은 전혀 다르다.
근심하고 걱정할 시간에 땀 흘려 일하면 불투명한 앞날은 한결 투명해진다.

+ 라이뚱진 賴東進
태국 소설가, 베스트셀러 〈가족〉의 저자, 1999년 태국 우수청년으로 선발.

가까운 곳에 있는 것부터 실행하라

|

우리가 지금 해야 할 가장 중요한 것은
먼 곳에 있는 막연한 것을 찾는 일이 아니다.
가까운 곳에 있는 것부터 실행하는 것이다.
윌리엄 오슬러

1871년 봄, 나는 몬트리올 의과대학 졸업을 앞두고 많은 근심
과 걱정으로 하루하루를 보내고 있었다. 마지막 기말고사를
통과하지 않으면 그동안의 공부가 수포로 돌아가고 만다.
그러던 어느 날 강의를 듣다가 기말고사를 통과하지 못하면
졸업 후에 어떻게 살까를 걱정하면서 창밖을 내다보고 있었
다. 선생님의 열띤 강의가 귀에 한마디도 들어오지 않았다. 오
직 앞날에 대한 걱정뿐이었다. 그때 강의를 하던 교수님은 강

의를 멈추고 나의 이름을 불렀다. 나는 깜짝 놀라 교수님을 바라보았다. 교수님이 뭐라고 야단칠 줄 알고 잔뜩 겁을 먹고 움츠리고 있는 나에게 교수님은 뜻밖의 말씀을 하셨다.

"우리가 지금 해야 할 가장 중요한 것은 먼 곳에 있는 막연한 것을 찾는 일이 아니다. 가까운 곳에 있는 것부터 실행하는 것이다."

그 말을 듣는 순간 나는 온몸에 전율을 느꼈다. 그리고 그때부터 먼 곳에 있는 막연한 것을 찾지 않고 현실에 가까운 것부터 실행하기로 했다. 그리하여 내일에 대한 근심이나 불안 따위는 절대로 하지 않기로 했다. 그러자 마음이 한결 가벼워지면서 나 자신이 새로운 사람이 된 것 같은 기분이 들었다. 그리고 그때부터 강의를 열심히 듣고 공부하여 걱정하던 기말시험을 통과했다.

그때부터 그 교수의 말은 나에게 커다란 영향을 미쳐 나의 인생을 바꾸는 계기가 되었다. 천성적으로 소심하고 걱정이 많던 나는 그날부터 낙천적이고 긍정적인 성격으로 변화되어 전혀 걱정을 하지 않고 편안하게 내일을 준비할 수 있었다.

그 후 원하던 의학자가 된 나는 세계적으로 유명한 존스홉킨스 대학을 세웠으며, 옥스퍼드 대학 의과대학 교수가 되었다.

나는 또 영국왕실로부터 나이트 작위를 받기도 했다.

나의 이름은 윌리엄 오슬러로, 그로부터 40년 후 예일 대학 학생들을 상대로 강의를 하게 되었다. 강의실을 가득 메운 학생들을 향해서 나는 이렇게 말했다.

"사람들은 내가 특수한 두뇌를 가진 줄로 압니다. 그러나 나의 친구들은 내가 평범한 두뇌를 가진 것을 잘 알고 있습니다. 사람들은 나에게 묻습니다. 성공의 비결이 무엇이냐고. 나는 몬트리올 의과대학을 다닐 때 한 교수님으로부터 완전히 불확실한 미래와 단절된, 독립된 오늘을 사는 법을 배웠습니다. 그 교수님은 '우리가 지금 해야 할 가장 중요한 것은 먼 곳에 있는 막연한 것을 찾는 일이 아니다. 가까운 곳에 있는 것부터 실행하는 것이다.'라고 말씀하셨습니다. 이것은 곧 오늘을 어제나 내일과 연결시키지 말고 완전히 독립된 하루, 오늘을 열심히 살라는 뜻입니다. 나는 이번 강연을 위해서 큰 기선을 타고 대서양을 건너왔습니다. 배를 타고 오는 동안 나는 선장이 기관실에서 버튼 하나만 누르면 모든 기계가 소리를 내며 움직이는 것을 보았습니다. 여러분 한 사람 한 사람은 모두가 배의 그 기계보다 더욱 정밀하게 조직되어 있습니다. 여러분이 가고자 하는 항로도 훨씬 더 멀 것입니다. 여러분에게 부탁하고 싶은 것은 여러분이 배를 조종하듯 자신을 잘 조종할 줄 알아야 한다는 것입니다. 그리고 완전히 독립된 하루를 사는 것입니다. 버튼을 눌러서 아직 오지 않은 내일과 이미 지나가 버린 어제를 닫아버리세요. 여러분이 확실하게 가지고 있는 것은 오늘입니다. 따라서 완전히 독립된 오늘을 사십시오. 내일을 준비하는 가장 좋은 방법은 여러분이 가지고 있는 열정과 재능을 쏟아 오늘의 일을 완벽하게 해내는 것입니다."

강의실을 가득 메운 학생들이 일제히 일어서서 박수를 쳤다.

만일 1년 후에 시력이 없어진다면 지금 무엇을 하겠는가?
시력뿐만 아니라 우리가 가진 모든 것을 이런 마음가짐으로 오늘에 충실해야 한다.

+ 윌리엄 오슬러 William Osler, 1849~1919
존스홉킨스 의대 설립자, 옥스퍼드 대학 의학과 교수 역임, 영국 왕실로부터 나이트 작위 받음.

사나이 눈물의 가치

|

사나이는
눈물을 함부로 흘려서는 안 된다.

헨들린

우리 가족은 미국 맨해튼에 살고 있었다. 그런데 어느 날 갑자기 아버지께서 급작스럽게 돌아가셨다. 아버지는 돌아가시면서 우리 가족을 위해 아버지의 생명보험금 1만 달러를 남겨주었다. 어머니는 이 유산으로 빈민가를 벗어나 정원이 있는 큰 집으로 이사 가기를 원했고, 평소에 의사가 꿈인 내 여동생은 의과대학에 진학하려고 했다.

그때 나는 어머니께서 거절하기 어려운 이야기를 했다. 즉 친구와 함께 그 돈으로 사업을 하겠다는 것이었다. 나는 이 유산으로 사업을 하여 성공과 명예를 한꺼번에 얻겠다는 야심찬 계획을 말했다. 이제 생각해 보니 참으로 어리석고 무모한 계획이었다. 이 계획이 성공하면 가족들의 생활도 나아지는 것은 물론이고 어머니가 원하던 정원이 있는 집으로 이사도 갈 수 있으며, 또한 여동생이 원하는 의과대학도 진학할 수 있을 것이라고 나는 큰소리쳤다.

어머니는 나의 말을 전적으로 믿지는 않았지만, 어쨌거나 유산을 모두 아들에게 주기로 결정했다. 내가 비록 어리지만 가정의 기둥이라고 생각하신 것이다. 그리하여 1만 달러를 모두 나에게 주었다.

나는 아버지가 남긴 유산 1만 달러를 몽땅 가지고 친구를 만났다. 그 친구는 물건을 사오겠다며 돈을 달라고 했다. 그 물건을 팔면 몇 곱절이 남는다는 것이었다. 어리석었던 나는 그 돈을 전부 친구에게 주었고, 돈을 건네주자 친구는 며칠이 지나도록 감감소식이었다. 친구는 그 돈을 몽땅 가지고 달아난 것이었다. 물건을 사온다는 것도 거짓말이었다. 나는 친구에게 사기를 당한 것이다.

이 불행한 소식을 접한 여동생은 나를 원망하기 시작했다. 그녀는 오빠가 가족들에게 씻을 수 없는 큰 죄를 지었다고 생각했다. 의대에 진학하려던 자신의 꿈도, 정원이 있는 집으로 이사를 가려던 어머니의 꿈도 산산이 부숴뜨렸다고 생각한 것이다. 그녀는 온갖 말로 나를 원망하기 시작했다. 여동생의 원망 소리가 좀 시들어질 무렵 어머니가 들어오셨다. 사기 당했다는 나의 말을 들은 어머니는 여동생과는 달리 담담한 표정이었다.

어머니는 나를 원망하고 있는 여동생에게 말했다.

"너는 오빠를 진정으로 사랑한 적이 있느냐? 만일 없다면 바로 지금이 오빠를 사랑할 때이다."

"오빠를 사랑하라고요? 친구에게 돈을 다 사기당하고 나의 꿈을 앗아간 오빠를 사랑하라고요?"

"그렇다. 진정으로 사랑하는 것은 지금처럼 가장 어렵고 힘들 때이다. 누구를 진심으로 사랑할 때는 상대방이 어려움 속에서 허덕일 때이다. 너는 이런 경험을 통해서 삶에 대한 태도를 바꿀 수 있는 것이다. 지금이라도 깨달았으니 이제 너는 어른이 된 것이다."

나는 그때 나의 잘못으로 온 가족이 어려움에서 벗어날 수 있는 좋은 기회를 놓친 데 대하여 죄송하고 미안한 마음으로 소리내어 울고 있었다. 그런 나를 향해서 어머니는 엄하면서도 정감이 있는 목소리로 이렇게 말했다.

"무릇 사나이는 함부로 눈물을 흘려서는 안 된다."

나는 그때 어머니가 그토록 위대하게 느껴진 적은 없었다. 어머니의 말이 깊이 내 가슴 속으로 들어왔다. 그리고 다시는 그런 눈물을 흘리지 않기 위해서 열심히 노력하기로 결심했다. 그때부터 밤낮을 가리지 않고 닥치는 대로 열심히 일했다. 그 결과 나는 5년 후에 맨해튼에서 손꼽히는 부자가 되었고, 10년 후에는 미국 전역에서 알아주는 유명한 가전용품 판매상이 되었다. 클린턴 대통령 시절, 나는 대통령이 직접 수여하는 '미국을 대표하는 10대 인물'로 선정되었으며, 하버드 대학에 초청을 받아 강연을 하기도 했다.

나는 대학에서 강연을 해달라는 요청을 받았다. 어디서 강연을 하든지 강연의 주제는 거의 같았다. '사나이는 눈물을 함부로 흘려서는 안 되며, 사람을 사랑하라'는 것이었다. 이것은 사기를 당해 절망에서 울고 있는 나를 일으켜 세우기 위해 용기를 준 어머니의 말씀이었다.

나의 여동생은 마침내 그토록 원하던 의사가 되었으며, 친구에게 돈을 사기당한 지 5년 만에 어머니가 원하던 정원이 딸린 큰 집으로 이사도 갈 수 있었다. 그렇게 부자가 되었으면서도 나의 어머니는 아들이 갖다 준 용돈을 쓰지 않고 자신이 수공업을 하여 직접 번 돈으로 생활을 한다.

한 방송 프로그램에서 사회자가 어머니에게 그 이유를 묻자 어머니는 이렇게 대답했다.

"사람을 사랑하라고 늘 타일렀는데, 그 사람 속에는 나 자신도 포함되어 있어요. 내가 움직일 수 있는 동안에는 나의 건강을 위해서도 일을 합니다. 아직은 혼자서 움직일 수 있으니 내가 내 자신을 돌봐야지요."

신뢰의 전제조건은 지지감이다.
사람을 잘 구분하는 안목이 필요하다는 것이다.
신뢰를 아무에게나 보내서는 안 된다.
잘 살펴서 보낼 사람한테만 보내야 한다.

+ 헨들린 Handline
클린턴 대통령 당시 '미국을 대표하는 10대 인물'로 선정, 미국 최고 가전제품 판매상.

성공자와
실패자의 차이점

성공자와 실패자의 차이점이 되는 말은
단 한마디로 표현할 수 있다.
즉 '나에게는 시간이 없다'는 말이다.

올브라이트 킹

직물업에서 세계적인 거물로 통하기까지 나는 사업을 위해 반평생을 바쳐왔다. 사람들이 나의 성공에 대해서 부러운 눈으로 바라보고 있지만, 나는 내 자신의 삶이 항상 무엇인가 부족하다는 느낌을 받는다고 말한다. 그리고 내가 어릴 적에 나를 새로운 인간으로 변화시켜 준 어머니의 말씀을 들려준다. 어린 시절 나는 화가가 되고 싶었지만 여러 가지 이유로 화가의 꿈을 접어야만 했다. 나는 성인이 되어서 생각했다. '지금

그림 그리기에는 너무 늦은 게 아닌가? 시간을 낼 수 있을까?'

그래서 어느 날 어머니에게 나의 생각을 말했다. 그때 어머니가 나에게 말했다.

"성공과 실패의 분수령이 되는 말을 단 한마디로 표현한다면, 즉 '나에게는 시간이 없다'는 말이다."

그 말을 듣는 순간, 섬광처럼 나의 머리를 때리고 지나갔다.

'그렇다. 시간이 없다는 것은 핑계에 지나지 않는다.'

그때부터 나는 아무리 바빠도 매일 한 시간씩 그림을 그리기로 했다. 나는 의지가 매우 강한 편이었다. 나는 어떤 상황에서도 하루에 한 시간씩 그림을 그리기로 한 계획을 실천했다.

그 결과 몇 년 후 적지 않은 성과를 올렸다. 몇 차례의 개인 전시회도 열었으며, 전시회는 많은 사람으로부터 사랑을 받아 성황리에 마쳤다. 그리고 그림도 많이 팔렸다. 나는 자신의 성공에 대해서 이렇게 말한다.

"과거에 나는 정말 그림을 그리고 싶었습니다. 하지만 그림을 그리는 법도 배우지 못했고, 노력하면 된다는 말을 믿지 못했습니다. 그러고는 시간이 없다는 말로 핑계를 댔습니다. 그런데 어느 날 어머니로부터 "성공과 실패의 분수령이 되는 말은 단 한마디로 표현할 수 있다. 즉 '나에게는 시간이 없다'는 말이다."라는 말을 들었습니다. 그로부터 나는 매일 한 시간씩 그림을 배우기로 결심했습니다."

대기업의 간부로서, 그림과 거리가 먼 업종에 종사하면서 이 계획을 지키기가 쉽지 않았다. 그러나 나는 힘들 때마다 어머니의 말씀을 생각하고, 이 시간을 지키기 위해서 매일 새벽 5시에 일어나 아침 식사를 하기 전에 그림을 그렸다. 나는 지난 날을 회상하며 이렇게 말했다.

"사실 매우 그렇게 힘든 일은 아니었습니다. 매일 한 시간씩 그림을 그리기로 결심하자 아침 5시가 되면 저절로 눈이 떠졌고, 다시 잠을 잘 수가 없었습니다."

그렇게 매일 한 시간씩 그린 그림으로 전시회를 열자 많은 사람들이 비싼 값으로 그림을 사갔다. 나는 그림을 판 돈으로 우수한 예술가를 돕는 장학금으로 지불했다. 장학금을 지불하는 날 나는 사람들 앞에서 이렇게 말했다.

"돈을 기부하는 일은 그렇게 대단한 일이 아닙니다. 그것은 내가 얻은 것의 일부이니까요. 내게는 그림을 그리면서 얻은 기쁨이 더 큽니다."

우리에게는 매일 똑같은 시간이 주어진다. 그러나 실패한 인생을 사는 사람들은 늘 시간이 없어서 자신이 하고 싶은 일을 하지 못한다고 변명한다. 그러나 성공한 사람들은 자신에게 필요한 시간을 만들어낸다. 바로 이것이 성공자와 실패자의 구분이다.

+ 올브라이트 캉_직물업계에서 세계적으로 인정받은 거물, 화가.

두려움에 맞서 용기를 내라

너 스스로 두려움에 맞서야 한다.

용기를 내거라.

존커티스

나는 지금으로부터 34년 전, 평범한 한 가정에서 장남으로 태어났다. 나의 아버지는 갓 태어난 나를 보고 자신의 두 눈을 의심했다고 한다. 아이의 몸은 다른 갓 태어난 아이에 비해서 절반도 안 되었고, 다리는 기형이었으며, 항문도 없었다. 의사는 이런 기형으로 인해 몇달밖에 살지 못한다고 말했다.

나의 아버지는 의사의 말에 따라 마음의 준비를 했다. 그러나 나는 의사가 단언한 생존기한을 훨씬 넘어 지금까지 잘 살아오고 있다.

사람들은 내가 살아남은 것을 기적이라 하지만 나는 나의 삶이 세상에 더 많은 기적을 가져다주었다고 자부한다.

어렸을 때 작은 키인 나에게 주변 모든 사물은 거대한 괴물처럼 보였다. 자연히 나의 마음속은 공포심으로 가득했다. 집에서 키우는 개나 맞은편의 큰 도로도 모두 나에게는 두려움의 대상이었다.

'이 아이를 어떻게 대해야 할까?'

'아이의 인생은 어떻게 될 것인가?'

'이 아이가 끝까지 살아남을 수 있을까?'

늘 이런 고민 속에 빠져 있던 나의 아버지는 어느 날 마침내 중대한 결정을 내렸다. 그러고는 나를 불러 앉히고 이렇게 말씀하셨다.

"너는 살아남는 것에 그치지 않고 누구보다도 더 잘 살아야만 한다. 너의 몸은 비록 불완전할지라도 반드시 하나의 완전한 세계를 가져야 한다. 누군가가 늘 도와줄 수는 없다. 오직 네 혼자의 힘으로 해내야 한다. 너 스스로 두려움에 맞서야 한단다. 용기를 내거라."

아버지는 이렇게 말한 후 나를 개가 있는 뒤뜰에 홀로 남겨두

었다. 뒤뜰에서 나의 날카로운 비명과 개 짖는 소리가 들려왔
지만 아버지는 방에서 꿈쩍도 안 하시고 나와 보지도 않았다.
한 이웃의 신고로 경찰이 왔다. 아버지가 경찰과 함께 다시 뒤
뜰로 갔을 때 거기 있던 모든 사람들은 놀라지 않을 수 없었
다. 자그마한 체구의 나는 개의 등에 올라탄 채 만족스러운 듯
웃고 있었던 것이다.

이 사건은 어린 나에게 태어나서 처음으로 두려움을 이기고
승리를 맛보게 해주었으며, 아버지에게는 아들에 대한 믿음을
확고히 해주었다.

"너 스스로 두려움에 맞서야 한단다. 용기를 내거라."

이 말은 아버지가 나를 격려하기 위해 한 말이었지만 사실 아
버지 자신을 격려하는 말이기도 했다.

내가 학교에 갈 나이가 되자 아버지는 나를 보통 아이들이 다
니는 학교에 데리고 갔다. 기형아로 생긴 내가 마주하게 된 진
짜 세상은 가혹한 곳이었다. 고등학교에 진학했을 때에는 괴
로움과 자괴감으로 자살을 생각하기도 했다. 하지만 나는 가
족들의 사랑과 격려로 견뎌낼 수 있었다. 특히 세상 모든 일에
대해 두려움을 느낄 때마다 '스스로 두려움에 맞서야 한다'는
아버지의 말씀을 기억하고 용기를 냈다.

졸업 후, 나는 스케이트보드를 타고 일자리를 찾아 나섰다. 한 집 한 집 문을 두드려 보았지만 대부분의 사람들은 나를 미처 발견하지 못한 채 다시 문을 닫아버렸다. 그러나 나는 굽히지 않고 열심히 찾아다녔다. 그리하여 마침내 자신의 일을 찾았다. 그리고 운동을 좋아하는 나는 만능 스포츠맨으로 인정받고 있으며, 전 세계를 누비는 유명한 연설가가 되었다. 그뿐만 아니라 좋아하는 여자와 결혼도 했다.

현재 나는 호주에서 가장 유명한 인물 가운데 한 사람이 되었다. 이것은 모두 아버지께서 "너 스스로 두려움에 맞서야 한다. 용기를 내거라."라는 말 한마디 덕분이다. 그 한마디로 기형아에서 세계적으로 유명한 연설가가 되었으며, 만능 스포츠맨이 되어 삶을 즐기고 있다.

지금은 누구나 인정하는 만능 스포츠맨이며 190여 개 나라에서 800여 차례의 강연을 한 유명한 연설가가 되었다.

결정과 용기에는 두려움이 따르고, 용기는 두려움 없이 생기지 않는다.
용기는 결국 두려움의 산물이다.

+ 존 커티스 John Curtis
호주의 최고 연설가.

200%의 노력을 기울여라

네가 무슨 일을 하든 200%의 노력을 기울인다면
반드시 성공할 거야.

카를로스 산타나

나는 멕시코에서 태어났다. 일곱 살 때 부모님을 따라 미국으로 이주했으나 영어를 잘하지 못해 힘겨운 학교 생활을 해야 했다. 어느 날 미술을 가르치는 담임 선생님이 나를 교무실로 불렀다.

"산타나, 이번 학기 너의 성적을 검토해 보았더니 '합격'은 힘들겠구나. 합격하더라도 그 성적으로 고등학교를 마쳐봤자 희망이 없다. 정말 큰일이야. 하지만 미술 성적은 훌륭해. 나는 너에게 미술 방면의 재능이 있다고 생각한다. 또 음악 방면의 재능도 있는 것 같아. 네가 예술가가 되기를 원한다면 너를 샌프란시스코에 있는 미술학교에 한번 데리고 갈까 해. 그곳에서 넌 새로운 세상을 볼 수 있을 거야."

며칠 후 선생님은 정말로 샌프란시스코에 있는 유명한 미술학교에 나를 데리고 갔다. 그곳에서 나는 다른 사람들이 어떻게 그림을 그리는지 직접 보고서 나 자신과 그들 사이의 거리를 뼈저리게 느꼈다. 실망하는 나에게 선생님이 이렇게 말했다.

"더 발전하고자 노력하지 않는 사람은 이곳에 들어올 수 없어. 너는 200% 더 노력하도록 하렴. 네가 무슨 일을 하든 200%의 노력을 기울인다면 반드시 성공할 수 있을 거야."

나는 선생님의 말씀을 깊이 새기고 그때부터 그 말을 나의 좌우명으로 삼았다. 그리고 선생님의 말씀대로 무슨 일을 하든 200%의 노력을 했다. 그리하여 마침내 샌프란시스코에 있는 미술학교에 진학해 미술공부를 하게 되었다. 그 후에도 나는 '200% 노력하라'는 선생님의 말씀을 잊지 않고 열심히 공부하여 2000년 마침내 〈초자연〉이라는 앨범으로 그래미상 시상식에서 8개 부문을 석권했다.

열정은 노력의 어머니다. 어떠한 일도 노력없이 성취되는 것은 없다. 세상의 필요와 개인의 재능이 일치할 때 열정이 생긴다.

＋카를로스 산타나 Carlos Santana, 1947- _세계적인 기타리스트, 2000년 〈초자연〉으로 그래미상 8개 부문 석권.

자제할 줄 아는 사람

인생을 즐기려고만 하는 사람은
어떤 일도 이루지 못할 것이며, 자신을 다스릴 수 없는 사람은
평생 노예나 다름없는 삶을 살 것이다.

월트 디즈니

나는 학교에 다닐 때, 그림과 탐험소설에 빠져 있었다. 마크
트웨인의 《톰 소여의 모험》과 같은 소설도 이미 여러 번 읽었
다. 한번은 선생님이 나에게 그림을 그려오라는 과제를 내주
었다. 어린 나는 자신의 상상력을 마음껏 발휘하여 꽃으로 사
람의 얼굴을 표현하고, 나뭇잎으로 손을 표현했다. 또 꽃마다
다른 표정을 갖게 하여 자신의 개성을 표현했다. 이것은 초등
학생인 나의 입장에서 보면 매우 긍정적인 일이었다. 그러나

아이들의 마음속에 있는 미묘한 세계를 전혀 이해하지 못했던 선생님은 내가 장난을 친 것이라고 생각했던 것이다.

"꽃은 그냥 꽃이야. 어떻게 사람이 될 수 있지? 잘 그리지 못하더라도 꽃을 가지고 마음대로 장난을 해서는 안 돼!"

그러고는 친구들 앞에서 나의 작품을 갈기갈기 찢어버렸다.

어린 나는 설명하려 했다.

"제 마음속에서 이 꽃들은 모두 생명이 있어요. 가끔은 저에게 인사하는 소리도 들을 수 있는 걸요."

선생님은 화를 내며 더 엄하게 나를 꾸짖었고, 다시는 그런 그림을 그리지 말라고 경고했다.

나는 답답한 마음을 가진 채 집으로 돌아왔다. 그러고는 꽃으로 여러가지를 그린 나의 생각을 아버지께 말씀드렸다. 또한 오늘 선생님이 하신 행동에 대해서도 알렸다. 나에게 일어난 일들을 다 들으신 아버지가 나에게 조용히 말씀하셨다.

"자신을 다스릴 수 없는 사람은 평생 노예나 다름없단다."

다행히도 비록 어렸지만 나는 아버지의 말씀을 이해할 수 있었다. 그때부터 화가 나거나 좋지 않은 일로 감정을 억제할 수 없을 때마다 아버지가 하신 말씀을 기억하고 자제했다.

제1차 세계대전이 발발하자 나는 부모님의 반대를 무릅쓰고 군대에 지원했다. 군에서 운전을 맡았던 나는 쉬는 시간에 만화를 그려 국내의 몇몇 잡지사에 보냈지만 어느 하나 예외랄것도 없이 채택되지 않고 되돌아왔다. 이유는 나의 작품이 너무 평범하고, 작가의 재능이 부족하다는 것이었다.

전쟁이 끝나자 나는 냉동 공장에서 일하라는 아버지의 권유를 뿌리치고, 화가의 꿈을 이루기 위해 집을 떠났다. 캔자스로 간 나는 작품을 가지고 여러 잡지사와 출판사를 찾아갔다. 몇 차례 거절만 당하던 나에게 한 광고회사에서 일자리를 주었다. 그러나 나는 그림을 그리는 재능이 부족하다는 이유로 한 달도 못되어 그 광고회사에서 해고당했다.

1923년 10월 나는 마침내 형 로이와 함께 할리우드에 있는 허름한 창고를 빌려 '월트 디즈니사'를 세웠다. 비록 많은 고난을 겪었지만 내가 창조한 미키 마우스와 도널드 덕은 몇 년 후 세계에 이름을 떨치게 되었고, 그로 인해 나에게 스물일곱 개의 오스카상을 안겨주었다. 이로써 나는 전 세계에서 오스카상을 가장 많이 받은 인물이 되었다.

나는 어린 시절 아버지가 나를 격려해 주셨을 때만 해도 내가 오늘날과 같은 성공을 거두리라고는 생각하지 못했다. 그때 아버지가 하신 말씀은 아버지가 지어낸 것이 아니라 괴테가 남긴 명언이라는 것을 나중에야 알게 되었다.

"인생을 즐기려고만 하는 사람은 어떤 일도 이루지 못할 것이며, 자신을 다스릴 수 없는 사람은 평생 노예나 다름없는 삶을 살 것이다."

그리고 나는 지난날의 나의 삶을 되돌아보면서 이렇게 결론을 내렸다.

'다른 사람이 비판한다고 해서 자신의 항로를 쉽게 바꾸는 사람은 영원히 목적지에 도달할 수 없다.'

엄청난 노력과 자신감이 필요하다.
전문성, 대인관계, 건강까지 무엇 하나 소홀히 하면 안 된다.
자유를 얻기 위해서는 그만한 희생을 각오해야 한다.

+ 월트 디즈니 Walt Disney, 1901~1966
만화가, 디즈니랜드 창업자.

어떤 삶에도 희망은 있다

|

우리 앞에는 오직 희망만이 있다.

알렉산더

내 나이 22살 때였다. 그리스 사람들은 코린트에 모여 페르시아와의 전쟁을 치르기 위해 연합군 총사령관으로 나를 추대했다. 많은 사람들이 나를 찾아와 축하해주었다. 귀족들과 학자들이 줄을 이었다.

이 무렵 페르시아는 최고의 강대국이었다. 나는 굳게 결심했다. '우리 마케도니아를 멸망시키려 했던 페르시아를 기어코 정복하고야 말겠다.'

나는 두 주먹을 불끈 쥐었다.

마케도니아는 지난날 페르시아로부터 공격을 수없이 많이 받았으며, 어떤 때는 항복할 정도에 이르기도 했다. 나는 어릴 때부터 페르시아 정복의 꿈을 꾸어왔다. 이제 그리스 연합군의 총사령관이 되었으니 꿈을 이룰 기회가 찾아온 것이다.

나를 사령관으로 추대한 연합군은 실제 마케도니아 군사로 이루어진 군대였다. 어느 날 나는 부하 장수들을 모아 놓고 명령했다.

"우리가 먼저 페르시아를 공격한다. 이 기회에 페르시아를 정복하지 못하면 우리는 영영 그들의 노예가 될 것이다."

부하 장수들은 겁을 먹어서 얼굴이 새파랗게 질렸다. 당시 강대국이었던 페르시아를 소국인 마케도니아가 친다는 것은 바위에 돌을 던지는 것과 같은 무모한 일이었기 때문이다. "폐하! 좀 더 힘을 기른 다음에 공격하는 것이 어떻습니까?"

겁을 먹은 부하들은 시기상조라고 만류했다.

"나는 이미 마음에 결정했소."

나는 왕실의 재산 전부와 마케도니아 땅을 쪼개어 부하들에게 나누어 주었다. 그때 한 부하가 물었다.

"재산을 다 나누어 주면 폐하의 것은 아무것도 없지 않습니까?"

"내 몫은 희망이다."

그러자 신하들이 말했다.

"저희도 폐하의 희망을 나누어 받겠습니다."

이리하여 나는 페르시아 정복의 첫발을 힘차게 내디뎠다. 그러고는 이렇게 소리쳤다.

"우리 앞에는 오직 희망만이 있다!"

원정군을 휘몰아 헬레스폰트 해협으로 바람같이 달려갔다. 헬레스폰트 해협을 지나자 저 멀리 아시아 대륙이 또 하나의 희망으로 나타났다.

모든 일이 잘될 때에는 희망이 필요 없다.
희망은 일이 잘 안 풀리고 앞길이 막막하기 때문에 갖는 것이다.
희망은 컴컴한 어둠을 비춰주는 한 줄기 빛이다.

+ 알렉산더 대왕 Alexandros, BC 356~BC 323
마케도니아의 왕. 20대에 왕위에 올라 3대륙을 걸쳐 대제국을 설립, 아라비아 원정 중에 사망.

13

과거의 실수나
실패에 대한 교훈

이미 엎질러진 우유 때문에
울지 말거라.

데일 카네기

나는 사업을 시작하면서 미주리 주에 개설한 성인 강좌를 시작으로 여러 대도시에 분원을 개설했다. 나는 장소를 빌리고, 강좌를 진행하는 것 외에도 광고를 위해 많은 돈을 썼지만 돌아오는 수입은 많지 않았다. 얼마간의 시간이 지나 나는 주머니에 남은 돈이 한 푼도 없다는 사실을 알게 되었다. 재무관리의 경험 부족으로 나의 수입은 겨우 지출을 막을 수 있는 정도였으며, 수개월간 고생해 온 데 대해서 어떤 보답도 받지 못했다.

나는 고민에 빠졌다. 모든 것이 나의 부주의함 때문이라고 스스로를 원망했다. 이런 상황이 지속되자 하루가 우울함의 연속이었고, 도저히 더 이상 사업을 계속해 갈 수 없을 것 같았다.

답답한 나머지 나는 고등학교 시절의 선생님이었던 조지 존슨을 찾아갔다. 그때 선생님은 나에게 이렇게 말했다.

"이미 엎질러진 우유 때문에 울지 말거라."

선생님의 이 한마디에 나는 머릿속이 맑아져 오는 것을 느꼈다. 그동안의 고민은 순식간에 사라졌다.

"우유는 이미 엎질러졌는데 어떻게 하겠니? 엎질러진 우유를 바라보면서 우는 것보다는 다른 방법을 찾는 것이 낫다. 잊지 말거라. 이미 엎질러진 우유는 다시 컵에 담을 수 없단다. 우리가 할 수 있는 일은 이 일을 교훈 삼아 다시는 이런 일이 생기지 않도록 조심하는 것뿐이지."

나는 이 이야기를 사람들에게 자주 들려준다. 세상사 대부분은 뜻대로 되지 않는다. 우리가 바꿀 수 없는 상황이라면 차라리 그것을 잊어버리는 것이 낫다. 언젠가는 실수를 보완할 기회가 있기 마련이다. 그 기회를 잡으면 된다. 후회하고 자신을 원망하는 것으로는 지난 실수를 만회할 수 없을 뿐 아니라 새로운 일을 시작하는 데도 방해가 된다.

과거의 실수와 실패에 대한 교훈으로 한 가지만 더 말하겠다.

오래 전에 내가 개설한 성인 강좌의 시범 교실에 뉴욕의 〈The Sun〉 신문사에서 기자가 찾아왔다. 그는 내가 듣기 난처할 정도로 내가 하는 일과 나에 대한 공격을 퍼부었다. 너무 화가 난 나는 그가 나에게 굴욕을 주기 위해 온 것이라고 결론을 내렸다. 나는 곧장 〈The Sun〉 신문사에 전화를 걸어 이 일의 진상을 밝히는 글을 신문에 싣고 그를 처벌해 줄 것을 요구했다.

하지만 오랜 시간이 지난 지금은 당시 나의 행동을 매우 부끄럽게 생각한다. 그 신문을 사 보는 사람들 가운데 절반은 그 글을 보지 못했을 것이고, 그 글을 본 사람들 가운데 절반은 별 의미 없는 사건으로 여겼을 것이다. 정말로 주의해서 그 글을 읽은 사람들 가운데 또 절반 정도는 며칠 후 그 내용을 까맣게 잊어버렸을 것이다.

나는 이 일을 통해 중요한 결론을 얻었다. 다른 사람이 부당하게 나를 공격하고 비판한다면 나는 그것을 막기 어렵다. 그러나 나는 그 부당한 비판에 좌지우지 하지 말고 어떻게 대응할 지를 결정해야 한다.

미국의 전 대통령 루스벨트의 부인이 어느 날 나에게 그녀의 백악관 생활 원칙을 이야기한 적이 있다.

"비판을 피하는 유일한 방법은 오직 당신의 마음이 옳다고 생각하는 일에만 매달리는 것입니다. 왜냐하면 어차피 당신이 하는 일은 비판을 받게 되어 있으니까요. 해도 욕을 먹고, 안 해도 욕을 먹는 것이죠. 어떤 이들은 마치 당신을 비판할 권리를 갖고 있는 것처럼 당당하게 비판합니다. 당신이 무슨 일을 하든지 맨 먼저 할 일은 들어도 못 들은 척해야 할 이야기, 예의상 받아 넘겨야 할 이야기, 진정 당신에게 도움이 되는 이야기를 파악하는 일입니다."

실수를 범했을 땐 좋은 경험으로 삼고 계속해서 나아가라.
다른 사람이 당신이 실수했노라고 말하면 그냥 그렇게 떠들도록 내버려 두어라.
어차피 누군가는 당신에게 불만을 갖게 되어 있다.

✦ 데일 카네기 Dale Carnegie. 1888~1955
미국의 작가이자 강사. 워렌버그 주립 사범대학 졸업. 교사, 세일즈맨, 식품회사, 행상 등 다양한 경험을 통해 인간관계에 대한 여러 권의 서적을 집필.

14

Heart beating word

실패했으면 다시 시작하라

그냥 한 번 미끄러진 것뿐이야.
죽은 것도 아니잖아.

에이브러햄 링컨

나는 아무리 실패해도 하고자 하는 일에 끝장을 보는 사람이다. 나는 정녕 포기할 줄 모르는 인물이다. 역사상 나만큼 포기하지 않고 일을 해낸 사람은 드물 것이다.

가난한 가정에서 태어난 나는 일생동안 수많은 좌절을 맛보아야 했다. 여덟 번의 선거에서 낙선했고, 사업도 두 번이나 실패했으며, 게다가 약혼녀가 사망하는, 상상도 못할 일을 당하고 정신을 놓은 적도 있다.

나는 일생 동안 수없이 도전하고 수많은 실패와 좌절로 포기할 수 있었으나 포기를 모르고 다시 일어나 도전했기에 미국 역사상 가장 훌륭한 노예 해방이라는 업적을 남길 수 있었다.

내가 일생 동안 실패한 중요한 사건을 열거하면 다음과 같다.

8살 때 가족들이 살던 집에서 쫓겨나자 가족을 부양하기 위해 일자리를 찾았고, 9살 때 친모가 사망했으며, 22살 때 사업을 시작했으나 실패했고, 1932년에 주의원에 출마했으나 낙선했으며, 친구에게 돈을 빌려 사업을 했으나 곧 파산당하여 그 빚을 16년에 걸쳐서 갚았으며, 결혼식을 앞두고 신부가 사망하는 날벼락을 맞았고 그로 인해 6개월 동안 정신을 놓고 지냈다.

나는 독학으로 변호사 시험에 합격하는 의지를 보였으나 주의회 의장직에 출마하여 낙선하는 비애를 맛보았으며, 포기하지 않고 이번에는 중앙 정계에 진출, 연방 하원의원에 출마하여 당선되는 기쁨을 맛보았다. 기쁨도 가시기 전에 연방 하원의원 연임에 실패하는 불운을 맛보고, 내가 속한 주에서 토지국장을 원했으나 거절당하는 수모를 겪었으며, 공화당 전당대회에서 부통령에 지명되었으나 한 표 차이로 패배하고, 연방 하원의원에 출마하여 낙선의 고배를 마셨다. 그러나 나는 포기하지 않고 다시 도전하여 51세 나이로 마침내 대통령에 당선되었다.

내가 이렇게 수많은 실패에도 좌절하지 않고 일어설 수 있었던 것은 나의 새어머니 덕분이었다.

어느 날 나는 나무를 베러 산에 올라갔다가 미끄러졌다. 어린 내가 울고 있자 새어머니가 달려와 울고 있는 나를 향해 이렇게 말씀하셨다.

"이 산길은 매우 위험하다. 한쪽 발이 미끄러지면 다른 한쪽 발도 지탱하기 힘들다. 하지만 너는 천천히 호흡을 한 다음 제자리에서 일어나야 한다. 그냥 한 번 미끄러진 것뿐이야. 죽는 것도 아니잖아."

나는 그때부터 좌절감을 느낄 때마다 어머니가 들려주신 그 말로 스스로를 격려하며 지금까지 버텨왔다.

나는 많은 성공을 거두었지만 실패도 많이 겪었다.
그러나 나는 실패를 부끄러워하지 않는다.
그 실패로 인해서 오늘의 혼다가 있기 때문이다.
혼다 자동차 설립자 혼다소이치로의 말이다.

+ 에이브러햄 링컨 Abrham Lincoin, 1809~1865
미국 제16대 대통령, 1863년 노예 해방 선언을 공표.

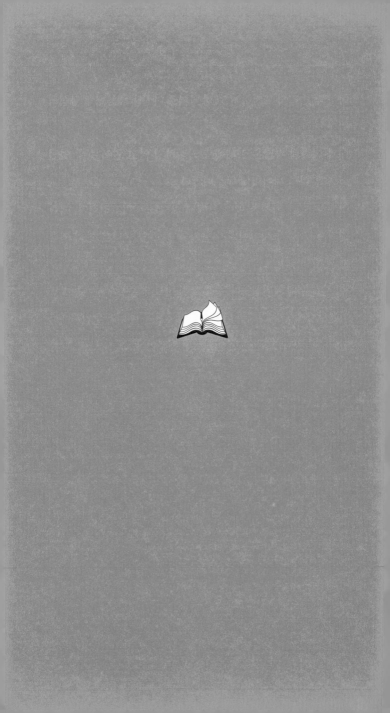

성공에
이르는
길

기회가 자신의 존재를 알리면서 오는 경우가 적다. 오히려 불행의 가면을 쓰고 온다.
역경과 기회의 차이는 종이 한 장 차이다. 문제는 그것을 바라보는 태도이다.

Heart beating word

신이 지배할 수 있는 것은 너의 절반이다.
네가 노력할수록 네가 지배하는 절반은 점차 커진다.
너는 언젠가 신을 이길 수 있을 것이라고 확신한다.

01

당신만의 특기를 살려라

사람은 누구나 자기만의 특기가 있는 것이란다.
너도 마찬가지야. 언젠가는 너도
너만의 특기를 발휘하게 될 날이 올 거야.

자니 마빈

나는 캐나다에서 목수인 아버지와 전업주부인 어머니 사이에
서 태어났다. 나의 부모는 나를 대학에 보내기 위해서 근검절
약하며 조금씩 돈을 모았다.

내가 고등학교 2학년 때, 어느 날 상담교사가 나를 교무실로
불렀다. 나는 상담 선생님으로부터 어느 대학 무슨 과를 지망
하면 좋겠다는 좋은 소식을 기다리며 교무실로 들어섰다.

교무실에서 나를 맞이한 상담교사는 얼굴에 따스한 미소를 띠

며 나에게 의자를 권했다.

"자니, 난 너의 모든 학과성적을 살펴봤어. 그리고 너에 관한 자료도 모두 검토해 봤다."

성적 이야기가 나오자 나는 자신이 없었다. 왜냐하면 모든 과목에서 성적이 좋지 않았기 때문이다. 그래서 변명조로 말했다.

"저는 정말 열심히 했습니다만……"

그러자 상담 선생님은 눈을 반짝이면서 말했다.

"문제는 바로 그거야. 너는 정말 열심히 해왔어. 하지만 결과는 그다지 좋지 않구나. 아무래도 고등학교 과정이 네게는 무리인 것 같아. 계속 공부하더라도 이 성적으로는 대학에 가기가 힘들 것 같다."

나는 실망감에 두 손으로 얼굴을 감쌌다. 그리고 고개를 숙여 울부짖듯 말했다.

"그럼 저희 부모님은 어떻게 하라고요? 실망하실 거예요. 부모님은 제가 대학에 가기를 바라고 있어요. 제가 대학에 가는 것이 부모님의 꿈이에요."

상담교사는 나의 어깨에 손을 얹고 조용한 목소리로 차분하게 말했다.

"인간의 재능은 정말 다양하단다. 자니! 엔지니어는 악보를 볼 줄 몰라도 되지. 구구단을 못 외우는 화가도 있어. 사람은 누구나 자기만의 특기가 있단다. 너도 마찬가지야. 너도 너만의 특기를 살려 능력을 발휘한다면 부모님도 너를 자랑스럽게 여길 거야."

그날 나는 집에 돌아오자마자 아버지에게 대학에 가지 않겠다고 말했다. 실망하는 아버지를 위로할 말이 떠오르지 않았다. 그러나 마음속으로는 나에게도 특별한 재능이 있으며 그 재능이 발휘하게 될 날이 올 거라는 상담교사의 말을 상기하면서 나 자신을 격려했다.

나는 고등학교를 졸업한 후 대학을 포기했다. 그런데 당시 마을에는 제대로 된 일자리를 찾기가 힘들었다. 그래서 나는 이웃들의 정원을 가꿔주는 아르바이트를 했다. 그러나 얼마 안 있어 마을 사람들이 나의 존재를 알게 되었고, 나는 마을에서 '가위손'으로 불리게 되었다. 내가 손질한 꽃들이 너무 아름다웠기 때문이다.

마침내 뜻하지 않은 기회가 나를 찾아왔다. 하루는 시내에 들렀다가 우연히 시청에 들르게 되었다. 시청 뒤로 펼쳐진 정원을 바라보자, 그 정원 안에는 벌레 먹은 나무와 쓰레기가 가득히 들어있었고, 정원이라고 할 수 없을 정도로 지저분했다. 그래서 나는 정원 관리자를 찾아가 말했다.

"아저씨, 제가 이 정원을 아름답게 꾸밀 수 있도록 허락해 주십시오."

그러자 정원 관리자는 나를 힐끗 쳐다보더니 무뚝뚝한 목소리로 대답했다.

"우리에게는 그만한 예산이 없단다."

"돈은 필요 없어요. 그냥 제가 하는 대로 내버려 두시기만 하면 되요."

그러자 관리자는 나를 사무실로 데려갔다. 그리하여 나는 오랫동안 방치되어온 시청의 정원을 손질할 수 있는 권리를 얻게 되었다.

그 소식이 전해지자 주위의 사람들 중에 묘목을 가져다주는 사람들도 있었고, 공원 벤치용 의자를 공짜로 주겠다는 사람들도 나타났다.

얼마 후 쓰레기로 가득했던 정원은 아름다운 공원으로 변했다. 파릇파릇한 잔디와 구불구불 이어진 오솔길은 사람들의 발길을 이끌었다. 사람들은 벤치에 앉아 새소리를 들을 수 있었고, 그때마다 한 소년이 이룩한 업적에 대해서 이야기하기 시작했다. 사람들은 아름답게 변한 시청 정원을 통해서 나의 타고난

조경 솜씨를 알게 되었다.

이 이야기는 25년 전에 내가 겪은 일이다. 지금은 몇십 명의 직원을 거느린 기업인이 되었다. 물론 전문업종은 조경 사업이다. 이 일을 통해서 나는 나의 재능이 무엇인지 깨닫게 되었다. 나는 미적분을 모른다. 그러나 색채와 원예에 대한 미적 감각은 어느 누구보다도 탁월하다. 이렇게 나의 천부적인 재능을 발견하게 된 것은 오로지 고등학교 상담 선생님 덕분이다.

"언젠가는 너도 너만의 재능을 찾아서 발휘하게 될 날이 올 거야."

선생님의 말씀대로 나의 부모님은 이제는 나를 매우 자랑스럽게 생각한다. 그것은 내가 사업에서 성공했기 때문이 아니라 사람들에게 아름답고 편안한 공간을 만들어주기 때문이다.

지능검사를 믿는다는 것은 나쁘다고 할 수는 없지만 어떤 기업에서나 사람들은 지능검사를 너무 지나치게 중시하는 경향이 있다. 인간이 가진 지능은 다양한데 어찌 지능검사 하나만으로 판단할 수 있겠는가? 비록 당신의 지능검사 결과가 좋지 않더라도 다른 방면에서 당신만의 독특한 창의력이 빛을 발휘할 수 있다.

+ 자니 마빈 Johnny marvin
캐나다 최고 조경 사업가.

02
Heart beating word

다른 사람들과
똑같아서는 안 된다

|

그는 다른 사람들과 다르게 옷을 입었기 때문에
내 눈에 잘 띄는 것이란다.
다른 사람들과 똑같다면 어떻게 다른 사람들보다
더 많은 기회를 얻을 수 있겠니?

앤드류 카네기

나는 어린 시절을 매우 가난하게 보냈다. 어느 날 수업을 마치고 집으로 가던 길에 공사장에서 마치 높은 사람처럼 화려한 옷을 입은 사람이 인부들을 지도하며 일을 시키는 모습을 보게 되었다. 나는 호기심이 발동하여 사장처럼 보이는 사람에게 다가가 물었다.

"지금 무슨 일을 하고 계신가요?"

"고층 건물을 짓고 있단다. 이 건물에는 우리 백화점과 다른 상점들이 들어오게 된단다."

사장처럼 보이는 사람이 친절하게 대답해주었다. 나는 그 사장이 부러워서 물었다.

"제가 어떻게 하면 아저씨처럼 될 수 있어요?"

"우선 열심히 일을 해야 하고……."

"그건 저도 알아요. 그 다음은요?"

"붉은 옷을 사 입어라."

나는 붉은 옷을 입으라는 말에 호기심이 더욱 발동했다.

"그게 사장이 되는 것과 무슨 관계가 있어요?"

"있지!"

사장처럼 보이는 사람은 앞에서 일을 하고 있는 일꾼들을 가리키며 말했다.

"저들은 모두 내 부하란다. 봐라! 모두들 똑같은 푸른 옷을 입었지. 그래서 나는 누가 누군지 모른다."

그러고는 다시 그 가운데 한 사람을 가리키며 말했다. 그 사람은 다른 사람들과 달리 붉은 셔츠를 입고 있었다.

"하지만 붉은 셔츠를 입은 사람 있지? 보이니? 그는 다른 사람과 다르게 입었기 때문에 내 눈에 잘 띄는 것이란다. 나는 며칠 후에 저 친구를 내 조수로 삼을 생각이다. 다른 사람과 똑같다면 어떻게 다른 사람보다 많은 기회를 얻을 수 있겠니?"

이날의 대화는 나에게 큰 충격을 주었다.

"다른 사람과 달라야 많은 기회를 얻을 수 있다."

나는 그때부터 이 말을 가슴 속 깊이 새겼고 나의 좌우명으로
삼았다.

기회가 자신의 존재를 알리면서 오는 경우가 적다. 오히려 불행의 가면을 쓰고 온다.
역경과 기회의 차이는 종이 한 장 차이이다. 문제는 그것을 바라보는 태도이다.

+ 앤드류 카네기 | Andrew Carnegie, 1835~1919
강철왕으로 불리는 미국의 기업인 겸 자선사업가.

하나의 큰 목표를
작은 목표로 나누어라

|

우리에게는 목표가 있습니다.
하지만 목표까지 가려면 너무 멀고 힘차여
중간에 포기하고 맙니다.
결국 성공의 희열도 누릴 수 없게 되지요.
하나의 큰 목표를 몇 개의 작은 목표로 나누어 보십시오.
그리고 하나씩 차근히 실천해 나가는 것입니다.

야마다 혼이치

1984년 내가 도쿄 국제 마라톤 대회에서 우승하자 기자들이
몰려와 좋은 성적을 올리게 된 비결이 무엇이냐고 물었다. 그
래서 나는 이렇게 대답했다.

"나는 머리로 달렸습니다."

기자들은 나의 말이 무슨 뜻인지 모르겠다는 듯 의아한 표정
을 지었다. 그리고 1986년 이탈리아 국제 마라톤 대회에서 또
우승했을 때 기자들은 또 물었다. 나는 1984년 도쿄 국제 마

라톤 대회 우승 때와 똑같이 말했다.

"나는 머리로 달렸습니다."

나는 원래 다른 마라톤 선수들과 다름없는 평범한 선수였다. 출발선을 나서면 40킬로미터 밖의 결승점에는 깃발이 걸려 있었다. 나는 길고 긴 거리를 달리면서 흥분과 긴장은 점차 사라지고 10킬로미터를 달리고 나면 이미 지쳐버려서 나도 모르게 속도가 늦어지는 경우가 있었다.

그러던 어느 날이었다. 나는 잡지를 보다가 우연히 읽게 된 글에서 깊은 인상을 받았다.

"우리에게는 목표가 있습니다. 하지만 목표까지 가려면 너무 멀고 험하여 중간에 포기하고 맙니다. 결국 성공의 희열도 누릴 수 없게 되지요. 하나의 큰 목표를 몇 개의 작은 목표로 나누어 보십시오. 그리고 하나씩 차근히 실천해 나가는 것입니다."

이 글은 인생에서 성공하기 위한 방법을 제시한 글이지만, 나에게는 마라톤의 비밀을 이야기하는 것으로 느껴졌다. 그리하여 나는 마라톤에서 이 방법을 택하기로 했다.

그날 이후 나는 대회 전날 차를 타고 코스를 꼼꼼하게 둘러보았다. 코스를 따라 눈에 띄는 표시를 기억해두었다. 예를 들어

첫 번째 표시는 은행, 두 번째 표시는 오래된 은행나무, 세 번째 표시는 빨간 벽돌 건물 등 이런 표시들을 대회 결승점까지 이어지도록 표시했다.

마라톤 경기가 시작되면 나는 첫 번째 목표를 향해 온 힘을 다했다. 첫 번째 목표에 다다를 쯤 두 번째 목표를 향해 같은 속도로 달렸다. 나는 40킬로미터의 마라톤 코스를 이렇게 몇 개의 작은 목표로 나누어 쉽게 완주할 수 있었다. 그리하여 마침내 국제 마라톤 대회에서 두 차례나 우승할 수 있었다.

큰 목표를 작은 목표로 나누어 하루, 한 달, 일 년을 노력하고 성공하고
기뻐하면서 살다보면 어느덧 결승점의 깃발에 다가서 있는
자신의 모습을 발견하게 될 것이다.

+ 야마다 혼이치 山田本一
1984년 도쿄, 1986년 이탈리아 국제 마라톤 대회 우승자.

진실은 세일즈맨이 갖추어야 할
첫 번째 조건

진실은 세일즈맨이 갖추어야 할 첫 번째 조건이다.
탐욕스러운 모습이 아닌 진실한 모습으로 고객을 대해야 한다.
당신의 눈앞에 서 있는 한 사람 한 사람을 존중하고
진실하게 대하라. 그들은 모두 당신의 신이다.
세일즈맨이라면 반드시 이것을 기억해야 한다.

조 지라드

내가 뉴욕에서 시보레 자동차 세일즈맨으로 일할 때의 일이다. 어느 날 한 중년 부인이 매장으로 들어왔다. 잠깐 자동차를 구경하겠다는 것이었다. 나는 부인과 대화를 하면서 그녀가 자신의 사촌언니가 몰고 다니는 흰색 포드 자동차와 같은 자동차를 사려고 한다는 것을 알았다. 이곳으로 오기 전 그녀는 길 맞은편 포드 자동차 매장에 갔다가 담당자가 없으므로한 시간 후에 오라는 말을 듣고, 남은 시간을 보내기 위해서 나의 매장에 들른 것이었다. 그녀는 또 오늘이 자신의 55번째 생일이기도 해서 생일 기념으로 자동차를 사기로 한 것이다.

"생신 축하드립니다. 부인."

나는 이렇게 말하고 그녀를 사무실로 들어오게 한 후 차를 대접했다. 그러고는 부하 직원에게 꽃다발을 사오라고 심부름을 시킨 후 부인에게 돌아와서 말했다.

"부인, 흰색의 차를 좋아하신다고 하셨죠? 기왕 시간도 있으시니 제가 새로 들어온 새 차를 소개해 드리겠습니다. 물론 흰색의 차입니다."

우리가 이야기를 나누고 있는 동안 부하 직원이 장미꽃 한 다발을 들고 들어왔다. 나는 부인에게 꽃다발을 전하면서 말했다.

"건강하게 오래 사십시오. 부인!"

그녀는 감동한 듯 눈가가 촉촉이 젖어들었다.

"이런 선물을 받아본 지가 오래 되었네요."

그러고는 말을 이어갔다.

"좀 전에 포드 자동차 매장의 직원은 내가 몰고 온 자동차가 낡은 것을 보고 내가 새 차를 뽑을 수 없을 거라고 생각한 것 같아요. 차를 보겠다고 해도 별로 달가워하지도 않더라고요.

사실 흰 차를 원할 뿐이에요. 꼭 포드 차가 아니라도 될 것 같
네요."

결국 그녀는 내 매장에서 흰색 시보레 자동차를 샀다. 나는
그녀가 매장에 들어오는 순간부터 자동차를 계약하고 나가는
순간까지 포드를 포기하고 내가 판매하는 시보레를 사라는
말은 한마디도 하지 않았다. 그럼에도 불구하고 그녀가 시보
레를 산 것은 그녀가 이곳에서 존중 받았다는 느낌 때문에 원
래의 계약을 포기하고 나에게 자동차를 구매했던 것이다.

"진실은 세일즈맨이 갖추어야 할 첫 번째 조건이다. 탐욕스러
운 모습이 아닌 진실한 모습으로 고객을 대해야 한다. 당신의
눈앞에 서 있는 한 사람 한 사람을 존중하고 진실하게 대하라.
그들은 모두 당신의 신이다. 세일즈맨이라면 반드시 이것을
기억해야 한다."

이 말은 내가 신입사원 교육을 받을 때 강사가 하신 말씀이
다. 그때 그 말을 메모해 두었다. 그리고 그때부터 지금까지
그 말은 나의 가슴 속 깊은 곳에 자리를 잡고 고객을 만날 때
나 대화를 할 때 항상 나를 일깨워준다. 그리하여 나는 이 말

을 모든 일에 있어서 지켜야 할 첫 번째 준칙으로 삼고 지키도록 노력했으며, 오늘날 나의 성공의 기초가 되었다.

세일즈맨이 상품을 바꿀 수는 없다.
상품의 품질에 큰 차이가 없다면
고객의 구매를 결정짓는 것은
바로 세일즈맨의 태도이다.
세일즈맨의 진실과 존중이
세일즈맨 앞에 있는
고객의 욕구를 충족시켜 줄 수 있다.

+ 조 지라드 Joe Girard, 1928~
15년 동안 자동차 1만 3,001대 판매해 기네스북에 오른 세계 최고의 자동차 세일즈맨

최선을 다하라

어째서 최선을 다하지 않았는가?

지미 카터

나는 히먼 린 오버 장군을 만나기 위해서 그의 사무실로 들어섰다. 해군 장교로서 임명장을 받고 첫 번째 발령지로 가는 중이었다.

나를 기다리고 있던 린 오버 장군은 단순히 인사만 한 것이 아니라 나에게 여러 가지 질문을 했다. 그런데 장군은 특별하게 질문의 주제를 나에게 선택하도록 했다. 장군은 그 주제 안에서 다양한 질문을 했다. 어떤 질문은 나로서 대답하기 곤란한 질문도 있었다. 대화중에 장군은 나를 응시하며 해군 전술, 항해술, 사격술 같은 군사에 관한 질문은 물론 심지어 음악, 문학과 같은 군사와 상관없는 것에 대해 많은 질문을 했다.

나는 장군이 왜 이런 질문을 하는지 그 의도를 알았다. 나는 내가 자신했던 분야도 사실은 그렇게 많이 알고 있지 않음을 깨닫는 순간 몸에서 식은땀이 흘렀다. 대화를 마치며 장군은 마지막으로 사관학교 시절의 나의 성적에 대해서 물었다.

"820명 중에서 59등을 했습니다."

나는 그렇게 나쁜 성적은 아니라고 생각해서 좀 자신 있는 표정으로 대답했다. 그러자 장군은 나를 뚫어지게 바라보더니 물었다.

"그게 최선을 다한 건가?"

"아닙니다. 최선을 다했다고 볼 수는 없습니다."

"어째서 최선을 다하지 않았는가?"

그러면서 장군은 한참 동안 나를 응시하더니 시선을 창밖으로 돌렸다.

나는 장군의 질문에 큰 충격을 받았다. 인사를 하고 나오면서 최선을 다하지 않은 나 자신이 한없이 부끄러웠다. 이후 나는 '최선을 다하자'는 말을 나의 좌우명으로 삼고 나 자신을 채찍질했다.

행운은 문을 두드려 기회가 왔다고 알릴뿐이다.
그 문을 열어 행운을 불러들이는 것은 우리의 노력에 달려있다.
영혼을 담아 노력해보라. 그것이 곧 최선을 다하는 것이다.

＋ 지미 카터 Jimmy Carter, 1924-
미국의 정치가. 민주당 상원의원과 조지아 주 주지사를 거쳐 제39대 미국 대통령에 당선. 재임 중에 인권을 미국 외교 정책의 중심으로 삼음. 대통령 퇴임 이후 카터센터를 설립해 분쟁해결, 특별건축사업 등으로 2002년 노벨평화상 수상.

자신감을 가져라

|

다음 당신의 이야기를 할 차례입니다.

프랭크 베트거

내가 보험사에 취직하여 처음으로 실패를 맛본 날 한 친구가 나에게 적합한 강의가 있다며 함께 가자고 권했다. 친구의 권유에 못 이겨 친구와 함께 강의에 참석한 나는 강의실 맨 뒤 끝에 앉아 있었다. 친구는 내 귀에 대고 속삭이듯 말했다.

"지금 듣게 되는 강의는 대중연설에 대한 수업이야."

이 때 한 사람이 일어나 연설을 하기 시작했다. 그는 매우 긴장하여 벌벌 떨고 있었으며, 나는 그 모습을 보고 깨달았다.

"저 사람은 나와 똑같군. 두려워서 벌벌 떨고 있잖아. 나는 저 사람보다 못했으면 못했지 더 잘하지는 못할 거야. 나도 연설을 하면 저 사람 이상으로 떨었을 거야."

연설을 마친 사람에게 평가를 해주던 사람이 그때 내 쪽으로 걸어왔다. 나를 데려간 친구가 그에게 나를 소개해 주었다. 그 강사가 바로 데일 카네기였다.

강사는 나에게 강의실을 나갈 것을 권했다.

"이 연설에 참여하고 싶습니다."

내가 그 강사에게 말했다.

그러자 데일 카네기는 친절하게 설명해 주었다.

"이 강의는 이미 절반이 진행된 상태입니다. 따라서 조금 기다렸다가 다음 강의를 듣도록 하시죠."

그러나 나는 완곡하게 요청했다.

"아니오. 나는 지금 이 강의가 좋습니다. 참여하도록 허락해 주십시오."

그러자 데일 카네기는 주저 없이 허락했다.

"알겠습니다."

그러더니 웃으면서 악수를 하며 내 손을 잡고 굳게 흔들었다. 그리고는 곧바로 "다음은 당신 이야기를 할 차례입니다."라고 말하는 것이 아닌가.

당시 나는 전혀 준비가 안 된 상태인데다가 급작스러운 제안에 너무나 긴장하여 떨고 있었다. 생각지도 못했는데 바로 내 차례라고 하니 떨 수밖에 없었다. 쓰러지기 직전이었다. 그러나 나는 용기를 내어서 내 이야기를 하기 시작했다. 다른 사람 이야기도 아니고 내 이야기이므로 나는 떨면서도 자신 있게 말할 수 있었다.

그 강연은 내 인생에서 최초의 강연이었다. 이전까지 나는 많은 사람들 앞에서 "여러분, 안녕하십니까."라는 인사조차도 못했다.

이미 30년 전의 일이지만 그때의 일이 아직도 생생하게 기억에 남는다. 그것은 내 인생의 전환점이 되었다. 카네기의 '다음은 당신의 이야기를 할 차례입니다'라는 말이 아직도 내 귀에 생생하게 맴돌고 있다. 그것은 곧 항상 준비하고 있으라는 뜻이었음을 나중에 알았다.

나는 그날 카네기 앞에서의 연설을 통해서 자신감을 얻게 되었고, 내 안에 있는 열정을 이끌어낼 수 있었다.

"다음은 당신 이야기를 할 차례입니다." 입을 열어 말할 수 있다면 이미 절반은 성공한 것이다. 자신감
은 그렇게 쌓이는 것이다. 첫걸음을 내딛지 못하는 사람에게는 성공의 길이 있을 수 없다.

+ 프랭크 베트거 Frank Bettger, 1888~1981 _미국 최고의 보험 세일즈맨.

가장 어려운 일과 가장 쉬운 일

세상에서 가장 어려운 일은
가장 쉬운 일을 지속적으로 하는 것이다.
한 가지 일이라도 지속적으로 잘 해내는 사람이
성공할 수 있다.

소크라테스

어느 날 나는 제자들을 불러모아 놓고 말했다.

"오늘 우리는 무엇이 세상에서 가장 쉬우면서 가장 어려운 일인
지 말해보자. 우선 앉은 자세로 모두들 어깨를 최대한으로 앞을
향해 흔들어 보라. 그 다음엔 다시 최대한 뒤로 흔들어 보라."

나는 시범을 보이며 계속해서 말했다.

"오늘부터 매일 300번을 하라. 모두들 할 수 있겠지?"

제자들은 웃었다. 이렇게 간단한 일을 하는 것인데 못할 리가

없다고 생각했다. 나는 그들의 생각을 알아차리고 엄한 목소리로 말했다.

"웃지 말라. 세상에서 가장 어려운 일은 가장 쉬운 일을 지속적으로 하는 것이다. 한 가지 일이라도 지속적으로 잘 해내는 사람이 성공할 수 있다."

한 달 후 나는 제자들을 다시 모아 놓고 물었다.

"매일 어깨를 300번 흔들고 있는 사람이 있는가?"

제자들 중에 90%가 손을 들어 말했다. 다시 한 달이 지나 내가 물었다. 이번에는 80%가 손을 들었다.

일 년이 지나고 제자들에게 다시 물었다.

"가장 쉬운 어깨 흔들기 운동을 아직도 하고 있는 사람이 몇이나 되는가?"

이때 딱 한 사람이 손을 들었다. 그는 훗날 나의 뒤를 이어 그리스의 대철학자가 된 플라톤이었다.

어떤 일을 계속한다는 것은 세상에서 가장 쉬운 일이면서 또한 가장 어려운 일이기도 하다.
그것이 쉽다는 것은 누구나 할 수 있기 때문이다.
그것이 어렵다고 말하는 것은 정말로 그렇게 할 수 있는 사람이
극소수에 불과하기 때문이다. 무슨 일이든지 지속적으로 해나가면 성공할 수 있다.
이것은 누구나 다 아는 성공의 비결이다.

+ 소크라테스 Socrates, BC 469~BC 399
고대 그리스의 비극시인이자 철학자.

08

간단한 일이라도 다른 사람보다
잘 해내야 한다

어떤 일을 하느냐가 중요하지 않다네.
원대한 포부를 가진 사람이라면 아주 간단한 일이라도
다른 사람보다 잘 해내고 말거든.

록펠러

내가 석유회사에 처음 입사했을 때 일이다. 나는 당시 내세울
만한 학력이나 특별한 기술이 없었기 때문에 석유통에 용접이
잘 되어 있는지를 검사하는 일을 맡게 되었다. 이 일은 회사 일
중에서 가장 쉬우면서도 간단하고 단순한 공정으로, 세 살짜리
아이도 할 수 있는 일이라는 농담이 사원들 입에서 오르내리는
업무였다. 나는 매일 용접제가 석유통의 뚜껑을 따라 떨어지는
것과 용접을 마친 석유통이 옮겨지는 것을 지켜보고 있었다.

보름이 지나자 나는 더 이상 참을 수가 없었다. 그래서 나는 주임을 찾아가서 업무를 바꿔줄 것을 요청했으나 거절당하고 말았다.

주임은 그때 나에게 이렇게 말했다.

"젊은이, 자네의 경력과 학력으로 봐서는 이 일밖에 할 수 없어. 그런데 한 가지만 알아주게. 어떤 일을 하느냐가 중요하지 않다네. 원대한 포부를 가진 사람이라면 아주 간단한 일이라도 다른 사람보다 잘 해내고 말거든."

다른 방법이 없는 나는 용접기 옆으로 오면서 생각했다.

'그래, 주임 말이 맞아. 가장 기본적인 일에서 한 걸음씩 나아가는 거야. 맡은 일이 비록 시시한 일이라도 잘 해내면 다른 사람이 나의 가치와 능력을 알아보게 될 거야. 그럼 더 많은 기회를 얻을 수 있겠지.'

나는 비록 더 좋은 일을 맡지는 못했지만, 주임의 말이 나의 가슴을 파고 들어왔다.

'그렇다. 현재 맡은 일을 잘 해낸 다음 다시 말해보는 거야.'

나는 그때부터 열심히 일을 했다. 일을 하면서 나는 석유통의 뚜껑 위로 떨어지는 용접제의 양과 속도를 자세히 관찰했다. 당시 석유통 뚜껑 하나를 용접하는데 용접제가 서른아홉 방울

씩 떨어졌는데, 다시 연구해보니 서른여덟 방울이면 충분했다. 반복된 테스트를 통해서 실험한 후 나는 마침내 서른여덟 방울 형 용접기를 개발했다. 이 용접기를 사용하면 겨우 한 방울 절약하는 것에 불과하지만 일 년을 놓고 볼 때 연 5억 달러의 지출을 줄이는 놀라운 효과를 가져왔다.

이렇게 하여 석유를 향한 나의 첫발을 성공적으로 내딛게 되었다. 이것은 무엇보다도 무슨 일을 하든, "어떤 일을 하느냐가 중요하지 않다네. 원대한 포부를 가진 사람이라면 아주 간단한 일이라도 다른 사람보다 잘 해내고 말거든."라고 충고해준 주임의 말을 가슴 속 깊이 새기고 그대로 실천하려고 노력했기 때문이다. 주임의 이 말은, 내가 사업을 하는 동안 일하는 나의 자세에 대한 지침이 되었다. 그 결과 오늘의 내가 탄생한 것이다.

브람스 교향곡 1번을 완성하는 데에 20년이 걸렸다.
그는 성공의 의미를 두지 않았다. 성공은 헛되이 쓰지 않는 결과물이기 때문이다.

+ 록펠러 John D. Rockefeller, 1839~1937
석유왕으로 불리는 미국의 사업가.

하고 싶은 일을 하려면
스스로 행동해야 한다

|

누구라도 너와의 약속을 어길 수 있단다.
네가 하고 싶은 일을 하기 위해서라면
남을 믿지 말고 네 스스로 행동해야 해.

데니스 웨이틀리

나의 아버지는 제2차 세계대전 당시 해외에 계셨는데, 나는
아홉 살 때 어머니와 함께 샌디에이고에서 살았다. 우리 집 부
근에는 육군 부대가 있었는데, 그곳에 주둔하고 있던 군사들
은 나를 무척 귀여워했고, 때로는 나의 친구가 되어 주었다.
그들은 나에게 전투모 모조품이나 군용물품 같은 것을 주기
도 했다. 그리하여 나는 종종 군인들을 집으로 초대해 함께 식
사를 했다.

그러던 어느 날이었다. 나에게 잊지 못할 사건이 일어났다. 이 일은 내 인생을 완전히 바꾸어 놓았다. 그날 한 병사가 나에게 말했다. 그 병사는 다른 병사들보다 나를 귀여워해주던 병사였다.

"일요일 아침 다섯 시에 배 타고 낚시하러 가자."

나는 너무 기뻐서 껑충껑충 뛰었다.

"좋아요. 그렇잖아도 낚시하러 가고 싶었는데, 그리고 아직까지 배를 타 본 적이 없거든요. 바다 위에 떠돌아다니는 배를 보면서 나는 언제쯤 저런 배를 타보나 하고 생각을 많이 했거든요. 정말 좋아요. 어머니께 말씀드리고 다음 토요일 저녁식사에 초대할게요."

토요일 저녁 나는 너무 들떠서 신발을 신은 채로 잠이 들고 말았다. 혹시 약속 시간에 옷을 입고 신발을 신다가 배를 놓치지 않을까 걱정이 되어서 옷을 입은 채로 잠을 잔 것이다. 나는 바다 한가운데에서 고기를 잡고 여유롭게 갑판 위를 걷는 모습을 상상하다가 깊은 잠을 자지 못했다. 새벽 세 시에 일어난 나는 낚시 도구를 챙기고 낚시고리와 낚싯줄을 따로 하나씩 준비했다. 낚싯대에 기름칠을 하고 땅콩 크림과 과일 잼을 바른 샌드위치를 2인분 준비했다. 완벽하게 모든 준비를 마치고 길가에 앉아 어둠속에서 그 병사가 나타나기만을 기다리고 있었다. 그러나 약속한 시간이 지나도 애타게 기다리던 그 병사는 나타나지 않았다.

그날 햇빛이 동산 위에 떠올라도 그 병사는 얼굴도 비치지 않았다. 실망하는 순간 아버지께서 언젠가 하신 말씀이 생각났다. "누구도 너와의 약속을 어길 수 있단다. 네가 하고 싶은 것을 하기 위해서는 남을 믿지 말고 네 스스로 행동해야 해."

아버지께서 하신 말씀이 떠오르는 순간 '그렇다. 어느 누구도 나와의 약속을 어길 수 있다. 그러므로 내가 하고 싶은 것을 하기 위해서는 내가 행동으로 옮기면 된다.' 그렇게 생각하자 우울하거나 실망스러운 마음이 없어졌다. 그리하여 어머니께 그 병사가 약속을 지키지 않았다는 말씀도 드리지 않았다.

아버지께서 언젠가 내가 이런 일을 당할 거라고 예측하지는 않았지만, 세상에는 그 어떤 일도 일어날 수 있으며, 그 일에 어떻게 대처하면 될지를 가르쳐 주신 것이다.

나는 잡초를 뽑아서 번 돈으로 낡은 1인용 고무구명보트를 샀다. 그리고 정오에 구명보트에 바람을 가득 넣은 다음 보트 안에 낚시 도구를 넣고 노를 저어 물속으로 들어갔다. 나는 마치 유조선을 타고 항해하는 기분이 들었다. 물고기를 잡고, 샌드

위치를 먹으면서 하루를 보냈다. 이날은 내 인생에서 가장 아름다운 날로 추억되었다. 그리고 성공하기 위해서는 어떻게 해야 되는지를 깨달은 날이기도 했다.

나는 그 병사로부터 좋은 의도로만 사람을 대할 수 없다는 것을 배웠다. 그리고 아버지의 가르침으로 나는 나 자신의 힘으로 내가 바라던 낚시를 하러 갔던 것이다. 꿈은 어느 누구의 힘도 아닌 오직 자신의 힘으로 실현할 수 있을 때 이루어진다는 것을 그날 그 병사로부터 깨달았다. 그리하여 나는 힘을 기르기 위해서 열심히 공부했다. 약속을 어긴 병사로 인해서 실망하고 있는 나에게 언젠가 들려주신 아버지의 말씀 '네가 하고 싶은 일을 하려면 네 스스로 행동해야 한다'는 한마디가 시련과 고난을 이겨내고 내 인생을 바꾸어준 중요한 교훈이 되었다.

자신의 잠재력을 개발하여 스스로 자신의 크고 작은 꿈들을 실현시켜 나가야 한다. 누구라도 당신과의 약속을 어길 수 있다.

+ 데니스 웨이틀리 Danis Waitley
미국의 성공학 권위자.

노력에 따라
내 운명의 지배자가 된다

|

신이 지배할 수 있는 것은 너의 절반이다.
네가 노력할수록 네가 지배하는 절반은 점차 커진다.
너는 언젠가 신마저 이길 수 있을 것이라고 확신한다.

제시 라파엘

나는 대학 졸업한 직후부터 ABC방송사에서 일하고 싶었다.
그래서 지원서를 제출했으나 면접 때 방송국의 책임자는 나에
게 방송인으로서 매력이라고는 조금도 없다며 정식 직원으로
채용해 주지 않았다. 그러면서 나의 가능성은 봤는지 임시 직
원으로 푸에르토리코에 가서 기회가 오기를 기다리라고 했다.
스페인어를 몰랐던 나는 기회를 포기할 수 없어서 스페인어를
3년이나 걸려서 배웠다. 푸에르토리코에 머물고 있는 동안 다

행히 딱 한 번 취재할 기회를 얻었다. 그것은 도미니코 공화국의 폭동을 취재하라는 것이었다. 출장비도 나오지 않았고, 위험도 따랐지만 좋은 기회라고 생각한 나는 최선을 다해 취재했다.

그 이후에도 몇 년 동안 나는 끊임없이 일하고 끊임없이 해고를 당했다. 어떤 방송국에서는 나에게 진행조차 모른다고 모욕을 주기도 했다. 그때마다 어머니가 하신 말씀을 기억했다.

내가 막 대학을 졸업하고 방송국에 취직하려고 준비하고 있을 때 어머니께서 나에게 이런 말을 했다.

"신이 지배할 수 있는 것은 너의 절반이다. 네가 노력할수록 네가 지배하는 절반은 점차 커진다. 너는 언젠가 신도 이길 수 있을 것이라고 확신한다."

나는 그 말을 듣는 순간 방송인으로서 출발하려는 나의 앞날이 순탄치 않을 것을 예측한 어머니가 나에게 용기를 주기 위해서 그런 말을 한 것임을 알았다. 이상하게도 방송사에 취직하는 일은 쉽지 않았다. 그때마다 어머니의 말씀을 생각하면서 용기를 다졌다.

1981년 뉴욕의 한 방송사에 채용되었지만 시대감각이 뒤떨어진다는 말만 듣고 해고당하고 말았다. 그러나 그때 어머니가

"네가 노력할수록 네가 지배하는 절반은 점차 커진다."고 하신 말씀이 생각나서 1년 만에 털고 일어났다. 그리고 다시 방송사를 뒤지기 시작했다.

하루는 한 방송국에서 나의 토크쇼 기획안에 대해 긍정적인 답변을 했다. 그런데 불행하게도 그 직원은 곧 그 방송사를 떠나게 되었고, 기획안을 다시 다른 직원에게 보였지만 그 직원은 달갑지 않게 생각했고 흥미를 보이지 않았다. 다시 또 다른 직원에게 보여주자 그 직원은 나에게 토크쇼 대신 정치 프로그램 진행을 맡아보라고 권했다.

나는 정치에 대해 문외한이었지만 너무나 일을 하고 싶었던 마음에 승낙을 하고 신문, 잡지를 읽으면서 정치 지식을 쌓았다. 내가 맡은 정치 프로그램이 처음으로 전파를 타는 순간 가슴이 벅차올랐다. 그리고 어머니 말씀을 생각했다. '노력에 따라 네가 지배할 수 있는 절반은 점점 커진다' 나도 열심히 노력하면 언젠가는 반드시 어머니의 말씀과 같이 신을 지배할 수 있을 것이라는 확신이 들었다.

이 정치 프로그램은 정치적인 문제에 대해서 시청자와 대담식으로 진행되는 것인데, 이때까지만 해도 미국 방송사에서 없었던 프로였다.

나는 처음이라 능숙하지는 않지만 시청자의 마음을 편안하게 해주도록 노력했다. 그러자 그 프로그램이 폭발적인 인기를 얻으면서 나는 하룻밤 사이에 일약 유명인사가 되고 말았다. 그리하여 이 프로는 미국에서 가장 인기 있는 정치 프로그램이 되었고, 그 덕분에 나는 미국 전체 방송국을 통틀어 사회자 대상을 두 번씩이나 받는 영광을 누렸다.

나는 첫 번째 상을 받는 순간 이렇게 말했다.

"나는 평균 15개월에 한 번씩 해고당했습니다. 어떤 때는 내 인생이 끝나는 줄 알았습니다. 그러나 그때마다 '신이 지배할 수 있는 것은 너의 절반이다. 네가 노력할수록 네가 지배하는 절반은 점차 커진다. 너는 언젠가 신마저 이길 수 있을 것이라고 확신한다.'고 하신 어머니의 말씀을 생각하면서 이겨냈습니다.

우리의 가장 중요한 임무는 먼 곳에 있는 희미한 것을 보는 게 아니라, 뚝뚝하게 보이는 가까운 곳에 있는 일을 열심히 하는 것이다.

✦ 제시 라파엘 Sally Jessy Raphael
미국 최고 방송 MC.

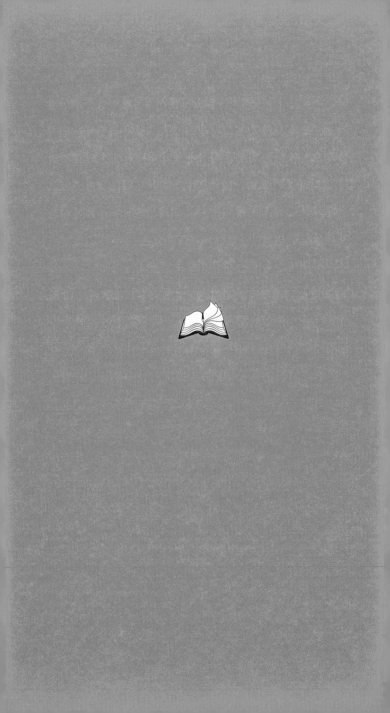

성공하는
정신자세

행복은 결심이고, 선택이다. 부정적인 면보다 긍정적인 면을 찾는 것이다.
없는 것에 눈을 돌리는 대신 가진 것을 보고 감사하는 것이다.
행복은 그런 때에 얻어지는 것이다.

Heart beating word

세상에 사소한 일이란 없다.
사소한 일이 큰 일을 만들기 때문이다.
그리고 성공이란 사소한 일에 목숨을 거는 것을 말한다.

가진 것을 바라보라

나는 내가 갖지 못한 것이 아닌
내가 가진 것을 바라봅니다.

황메이리엔

나는 어릴 적부터 소아마비를 앓았다. 몸은 평형감각을 잃었고, 팔다리는 마음대로 움직일 수 없었으며, 입으로는 계속 알아들을 수 없는 말들을 중얼거렸다. 나의 이런 신기한 모습을 사람들은 하나같이 놀란 눈으로 바라보곤 했다. 보통 사람들이 보기에도 정상적인 조건을 갖추지 못한 나의 인생에서 미래나 행복 따위는 영 어울리지 않는 것이었다.

그러나 나는 굳은 의지로 미국 캘리포니아 대학에 진학을 했고, 예술학 박사 학위까지 받았다. 나는 붓을 쥔 손에 감각과 혼을 불어넣어 나의 감정을 잘 표현했다.

나는 어느 날 강연회에 초청을 받았다. 미래를 준비하는 중학생들을 위한 강연회였다. 강연이 끝나자 참석한 중학생으로부터 의외의 질문을 받았다.

"박사님은 어려서부터 지금까지 변함없는 모습으로 살아오고 있습니다. 그런 자신의 모습에 대해서 불만이나 불편은 없으신가요?"

나는 처음에 그 학생의 당돌한 질문에 좀 당황했으나 마음을 가라앉히고 칠판에 아래와 같이 글로써 답변했다.

첫째, 나는 나 자신이 정말로 자랑스럽습니다.

둘째, 나는 길고 아름다운 다리를 가졌습니다.

셋째, 나에게는 너무나 나를 사랑해주시는 부모님이 계십니다.

넷째, 나는 그림을 잘 그리고, 글도 씁니다.

마지막으로 이렇게 결론을 내리겠습니다.

"나는 내가 갖지 못한 것이 아닌 내가 가진 것을 바라봅니다."

가진 것에 만족하고 감사할 줄 아는 사람에게는 지금 사는 곳이 천국이다. 천국과 지옥은 사람 마음속에 있고, 그 진점은 바로 감사이다.

＋황메이리엔黃美蓮 _핑거페인팅 화가이자 캘리포니아 대학 예술학 박사.

02

반드시 약속을 지켜라

|

오두막을 다시 부수더라도
내가 한 약속은 지키겠다.

찰스 제임스 폭스

내가 정치인으로 활동하던 시기에 정계에는 온갖 술수와 속임수만이 난무했고 대중들은 정치를 거짓말의 상징으로, 정치가를 직업적인 사기꾼쯤으로 여겼다. 정치와 정치인이 모두 불신의 대상이었다.

내가 어느 날 한 대학의 초청으로 강연을 하게 되었는데, 학생들은 나에게 다음과 같은 직설적인 질문을 던졌다.

"폭스 선생님도 정치가의 길을 걸어오면서 거짓말을 한 적이 있겠지요?"

나는 잠깐의 머뭇거림도 없이 자신 있게 대답했다.

"아니오. 거짓말한 적은 한 번도 없습니다."

그러자 강의실을 가득 매운 학생들은 웅성대기 시작했고, 코웃음을 치는 학생도 있었다. 모든 정치가들이 그와 같은 대답을 하기 때문이었다. 어떤 정치가는 거짓말을 해 본 적이 없다며 맹세를 한 적도 있었다.

이러한 학생들의 반응에 나는 결코 화를 내지 않았다.

"학생 여러분, 오늘날 정치 현실에서 내 자신이 성실한 사람이라는 것을 증명하기는 아마 어려울 것입니다. 하지만 여러분은 이 세상에 아직 '성실'이 존재하며, 그것은 영원히 우리 곁에 있다는 것을 믿어야 합니다. 내가 옛날이야기를 하나 하겠습니다. 여러분은 이 이야기를 듣더라도 곧 잊어버리겠지만 나에게는 매우 의미 있는 이야기입니다.

한 아버지가 있었습니다. 어느 날 그는 정원에 있는 낡은 오두막을 허물어야겠다고 생각했습니다. 그래서 오두막을 허물 일꾼들을 불렀지요. 그런데 이 일에 흥미를 느낀 그의 어린 아들이 아버지에게 부탁을 했습니다.

'아버지, 저는 저 낡은 오두막을 어떻게 허무는지 꼭 보고 싶

어요. 제가 학교에서 돌아온 후에 작업을 시작하게 하면 안 될까요?'

아버지는 아들의 부탁을 들어주기로 약속했습니다. 그러나 아들이 학교에 간 후 도착한 일꾼들은 곧 오두막을 허물어 버리고 말았습니다. 아들은 집에 돌아와 정원의 낡은 오두막이 이미 사라진 것을 보고는 낙담하며 아버지에게 말했습니다.

'아버지, 제게 거짓말을 하셨군요.'

영문을 모른 채 자신을 바라보는 아버지에게 아들은 말을 이어갔습니다.

'제가 돌아온 후에 오두막을 허물겠다고 약속하셨잖아요.'

뒤늦게 상황을 파악한 아버지가 말했습니다.

'아들아, 내가 잘못했구나. 약속은 반드시 지켜야 하는데 말이다.'

아버지는 서둘러 일꾼들을 다시 불러 정원에 있던 낡은 오두막 자리에 같은 모양의 오두막을 짓게 했습니다.

오두막이 완성된 후, 그는 아들 앞에서 일꾼들에게 지시를 내렸습니다.

'자, 이제부터 이 오두막을 허물어 주십시오.'"

나는 말을 계속 이었다.

"나는 이 아버지와 아들을 알고 있습니다. 이 아버지는 부자가 아니었지만 어린 아들과의 약속을 지키기 위해 최선을 다했습니다. 이 사건으로 그의 아들은 누구보다 성실한 사람으로 자랄 수 있었고 오늘날까지 자신이 한 약속은 반드시 지키며 살아오고 있습니다."

학생이 물었다.

"그 훌륭한 아버지의 성함이 무엇입니까? 우리도 그를 만나보고 싶습니다."

"그는 이미 세상을 떠났습니다. 다만 그의 아들은 아직 살아있지요."

"그렇다면 그 아들은 어디에 있습니까? 그는 분명 매우 성실한 사람일 것입니다."

학생들의 물음에 나는 담담하게 대답했다.

"그 아들은 지금 여러분 앞에 서 있습니다. 제가 말씀 드리고 싶은 것은 단 한 가지입니다. 저는 제 아버지처럼 자기가 한 약속은 반드시 지키면서 사는 사람으로 살고자 합니다."

그때 강단 아래에서 우레와 같은 박수소리가 터져 나왔다.

세상에 사소한 일이란 없다. 사소한 일이 큰 일을 만들기 때문이다. 그리고 성공이란 사소한 일에 목숨
을 거는 것을 말한다.

+ 찰스 제임스 폭스 Charles James Fox. 1749~1806_영국의 정치가.

성실하라

성실하지 못한 사람과 사귀려는 사람은 없다.

추안 릭파이

나의 어머니는 길거리에서 음식을 파는 노점상이었다. 어머니는 내가 총리가 되었을 때에도, 고령의 나이에도 불구하고 매일 시장에 나가 두부나 떡과 같은 음식물들을 파는 장사를 멈추지 않았다. 주위 사람들이 어머니에게 그만 두는 것이 어떠냐고 말하면 어머니는 이렇게 말씀하셨다.

"아들이 총리가 된 것은 아들이 잘났기 때문이지요. 내가 노점을 하는 것이랑은 아무 상관이 없어요. 나는 부끄럽다고 생각하지 않아요. 이곳에서 장사를 하는 것에 매우 만족합니다. 장사를 하면 필요한 돈을 벌 수 있고, 또 언제든지 친구들도 볼 수 있으니까요."

어머니가 가장 기뻐하는 일은 내가 퇴근하고 돌아와서 자신이 만든 두부를 맛있게 먹는 모습을 보는 것이었다.

"어머니가 저에게 주신 가장 큰 가르침은 성실함입니다. 제 어머니는 제대로 된 교육을 받지 못하셨지만 매우 훌륭한 품성을 지니셨어요. 제가 어렸을 때부터 어머니는 이런 말씀을 해 주셨어요. '성실하지 못한 사람과 사귀려는 사람은 없다.'"

태국의 언론매체에서 어머니를 이렇게 칭찬했다.

"평민계층의 평범한 어머니가 성실함과 정직함으로 사람들의 존경을 한 몸에 받는 총리를 키워냈다."

어머니는 기자 앞에서 이렇게 말했다.

"사실 저는 한 일이 없습니다. 아들이 어렸을 때 사람으로서 지켜야 할 성실함과 근면함, 겸손함을 가르쳤을 뿐입니다. 그 아이를 욕하거나 때려본 적은 없습니다만 그 아이 때문에 실망해 본 기억도 물론 없습니다."

내가 오늘날 총리가 되어 나라를 다스릴 수 있는 것은 오로지 어머니의 훌륭한 가르침 덕분이라고 생각한다.

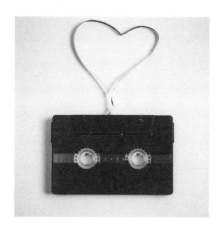

성실이야말로 성공의 제1요소다. 성실하면 다른 것은 문제되지 않는다. 반면 성실하지 않으면 그 밖의 것은 따질 필요가 없다. 성실이란 무엇을 하겠다고 하면 반드시 지키는 능력이다.

+ 추안 릭파이 Chuan Leekpai _태국 전 총리.

04

Heart beating word

자존심을 지켜라

|

남자는 함부로 무릎을 꿇어서는 안 된다.
무릎을 꿇는 것은 자존심을 버리는 것이다.
결코 그래서는 안 되는 거야!
나약한 사내가 어떻게 훌륭한 일을 할 수 있겠니?

리위팡

나의 어머니는 내가 일곱 살 때 돌아가셨다. 새어머니가 우리
집에 오신 것은 내가 열한 살 때의 일이다. 처음에 나는 새어
머니를 좋아하지 않았다. 2년이 넘는 동안 '어머니'라고 불러
본 적도 없었으니까. 그 일 때문에 아버지는 나를 때리기도 하
셨다. 하지만 그럴수록 내 마음속엔 반항심만 더 커져갔다. 내
가 처음으로 새어머니를 '어머니'라고 부른 것은 새어머니가
처음이자 마지막으로 나를 때린 날이었다. 그날 나는 이웃집

정원에 있는 포도를 몰래 따려다가 주인에게 붙잡혔다. 집주인은 털보라는 별명을 가진 사람이었는데 나는 평소에도 그를 매우 두려워했다. 그의 인상이 무섭게 생겼기 때문이었다. 그런데 그의 눈앞에서 잘못을 저지르다 잡혔으니 난 너무나 두려워서 온몸이 떨렸다. 떨고 있는 나를 바라본 털보 아저씨가 말했다.

"너를 때리거나 욕하지는 않겠다. 대신 내 앞에서 무릎을 꿇어라. 네 부모가 너를 데리러 올 때까지 말이다."

막상 무릎을 꿇으라는 말을 들으니 화가 났다. 털보 아저씨는 내가 아무런 반응도 보이지 않자 소리쳤다.

"무릎을 꿇지 않겠다는 것이냐?"

그의 위협에 나는 하는 수 없이 꿇어앉았다. 공교롭게도 바로 그때 새어머니가 나의 이런 모습을 보셨다. 새어머니는 한걸음에 달려와 나를 일으키시고는 털보 아저씨에게 욕을 해대는 것이었다.

"이 짐승만도 못한 털보 녀석 같으니라고."

새어머니는 평소에 말수가 적은 내성적인 분이셨다. 그런 그녀가 이렇게 화를 내자 털보 아저씨도 어찌할 바를 몰라 했다. 나 역시도 새어머니의 이런 모습을 본 것은 처음이었다.

집으로 돌아온 후 새어머니는 회초리를 들고 나의 엉덩이를 때리셨다. 때리면서 이렇게 말씀하셨다.

"네가 포도를 훔쳤다고 너를 때리는 것은 아니다. 어렸을 때는 그런 장난도 할 수 있는 것이다. 하지만 아무나 너에게 무릎을 꿇으라고 하여 사나이가 정말로 무릎을 꿇느냐? 남자는 함부로 무릎을 꿇어서는 안 된다. 무릎을 꿇는 것은 자존심을 버리는 것이다. 나약한 사내가 되어서 어떻게 큰일을 할 수 있겠니?"

새어머니는 눈물을 흘리셨다. 그때 나는 열세 살 밖에 안 되는 소년이었지만 새어머니의 말씀에 나는 커다란 감동을 느꼈다. 한번도 '어머니'라 부르지 않아 나를 미워했을 새어머니가 이토록 감동을 줄 줄은 몰랐었다. 순간 나는 어머니의 어깨를 안고 울면서 말했다.

"어머니, 다시는 그러지 않을게요."

이 이야기는 내 추억의 일부분이 된 것이지만, 당시 새어머니께서 하신 말씀 '사나이는 함부로 무릎을 꿇어서는 안 된다.'는 말은 지금까지 살아오면서 내 삶의 좌우명이 되었다.

평생을 사는 동안 명성을 얻지 못하는 사람이 있고, 명성을 얻었지만 곧 잃는 사람이 있다. 살아서는 명성을 얻었지만 죽은 다음에는 명성을 잃는 사람도 있다.

+ 리위짱 _미국에서 문학 박사 학위를 받음, 현재 베이징 고등학교 교사.

거짓말을 하지 말라

나는 아버지로서 실패한 사람이구나.
내 아들이 나에게 거짓말을 해야겠다고
생각하는 자체가 너무 괴롭다.
너를 아버지에게조차 거짓말을 하는 아들로 키우다니
모두 내 잘못이다.

잭슨 파울로 카스

나는 스페인 남부에서 태어났다. 열여섯 살 때 하루는 아버지
가 외출을 하시면서 나에게 차를 몰고 함께 가자고 하셨다. 당
시 갓 운전을 배운 터라 평소에 운전을 해 볼 기회가 거의 없
었던 나는 조금의 망설임도 없이 아버지를 따라 나섰다. 대략
30킬로미터 정도 되는 거리였다. 가는 길에 근처의 한 주유소
에 들러 기름도 넣었다. 나는 아버지를 목적지까지 모셔다 드
리고 오후 4시에 다시 만나기로 약속을 했다. 나는 다시 주유

소로 가 차를 세워두었다. 오후 4시가 되려면 시간이 꽤 많이 남아 있었기 때문에 나는 주유소 부근에 있는 영화관에 가서 영화를 보기로 결정했다. 영화관에 간 나는 그만 영화 속의 줄거리에 빠져들어 시간이 가는 줄도 몰랐다. 마지막 한 편까지 다 보고 시계를 보았을 때는 이미 오후 6시였다. 아버지와 약속한 시간보다 무려 두 시간이나 늦은 것이었다.

화가 나신 아버지께서 다시는 나에게 운전을 맡기지 않으실 것을 걱정한 나는 아버지에게 차가 고장이 나는 바람에 수리를 하느라 늦었다고 말씀드리기로 마음먹었다.

차를 가지고 아버지와 약속한 장소로 가보니 아버지는 길모퉁이에 앉아 나를 기다리고 계셨다. 나는 먼저 늦게 온 사실에 대해 용서를 구하고, 차가 고장이 났었다고 말씀드렸다. 그 순간 나를 바라보시던 아버지의 눈빛은 그로부터 내가 평생 동안 잊을 수 없는 모습이었다.

"네가 나에게 거짓말을 하다니, 너무 실망스럽구나."

"무슨 말씀이세요? 제가 말씀드린 건 다 사실이에요."

아버지는 다시 나를 바라보며 말씀하셨다.

"약속한 시간이 되어도 네가 오지 않기에 나는 주유소에 전화를 걸어 무슨 문제가 생긴 건 아닌지 물어보았다. 주유소에서는 네가 차를 가지러 오지 않는다고 말해주더구나. 차는 처음부터 아무 문제가 없었다. 그렇지?"

순간 나는 부끄러워 고개를 들 수 없었고, 하는 수 없이 영화를 보러 간 것과 영화를 보다가 약속 시간을 어기게 된 사실을 인정해야 했다.

내 이야기를 듣고 계시던 아버지의 얼굴은 슬픈 기색이 역력했다.

"내가 정말 화가 나는 것은 네가 아니라 나 자신 때문이다. 나는 아버지로서 실패한 사람이구나. 내 아들이 나에게 거짓말을 해야겠다고 생각했다는 사실 자체가 너무 괴롭다. 너를 아버지에게조차 거짓말을 하는 아들로 키우다니 모두 내 잘못이다. 나에게 반성의 시간이 필요한 것 같다. 오늘은 걸어서 집에 가련다."

"하지만 아버지, 집까지는 30킬로미터나 되는 걸요. 날도 어두워졌는데 어떻게 걸어간다는 말씀이세요."

내가 아무리 용서를 빌고, 다시는 그러지 않겠노라 다짐을 하여도 모두가 헛수고였다. 나는 묵묵히 어둠 속을 걷는 아버지의 뒷모습을 보면서 내 인생에서 가장 괴로운 시간을 보내야 했다.

나는 차를 타고 아버지를 뒤따르면서 어서 아버지의 화가 풀리시기만을 기다렸다. 계속해서 잘못했다고 말씀드렸지만 아버지는 아무 대꾸도 하지 않으셨다. 장장 30킬로미터나 되는 거리를 그렇게 아버지를 따라 시속 5킬로미터로 운전했다.

몸과 마음 모두 괴로워하는 아버지를 보는 것은 내가 겪어본 일 중에 가장 힘든 것이었다. 하지만 그날의 기억은 내 인생을 바꾸는 가장 중요한 가르침이 되었다.

'어떤 일이 있어도 거짓말을 해서는 절대 안 된다.'

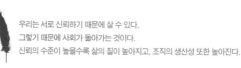

우리는 서로 신뢰하기 때문에 살 수 있다.
그렇기 때문에 사회가 돌아가는 것이다.
신뢰의 수준이 높을수록 삶의 질이 높아지고, 조직의 생산성 또한 높아진다.

＋잭슨 파울로 카스
미국 작가.

자제력을 배우다

|

얘야, 놓아주어라!

루이스 스미스

열한 살 때 뉴햄프셔에 있는 호숫가 별장으로 휴가를 간 적이
있었다. 그곳은 주변이 조용하고 아름다워 낚시하기에도 안성
맞춤인 장소였다.

농어 축제가 시작되기 하루 전날 밤, 나는 아버지와 함께 밤낚
시를 갔다. 뉴햄프셔에서는 농어 축제 기간에만 농어를 잡는
것이 허락되었다. 자리를 잡고 낚싯대를 드리운 채, 잠시 달빛
에 취해 있던 나는 문득 낚싯대가 묵직해져오는 것을 느꼈다.

아버지는 나를 진정시키시고는 내가 천천히 낚싯줄을 당기는 모습을 지켜보셨다. 나는 조심스럽게 내 낚싯대를 문 녀석을 수면 밖으로 끌어올렸다. 그것은 우리가 한번도 보지 못했던 어마어마하게 큰 농어였다.

아버지는 불을 밝히고 시계를 보셨다.

"10시구나. 농어 축제가 시작되려면 아직 두 시간이 남았다."

농어와 나를 번갈아보시던 아버지가 말씀하셨다.

"얘야, 그 농어를 놓아주어야겠다."

"예?"

나는 서운한 마음에 큰소리로 울기 시작했다.

"이곳엔 다른 물고기도 많단다."

"그렇지만 이것처럼 크지는 않을 거예요."

나는 계속해서 울며 대꾸했다.

달이 호수 위를 밝게 비추고 있었지만 주위에 다른 사람이나 배는 보이지 않았다. 나는 울음을 멈추고 애원하는 눈빛으로 아버지를 바라보았다.

아버지는 아무 말씀도 없으셨다. 이는 분명히 아버지 뜻에는 변함이 없다는 의미였다. 나는 농어를 놓아줄 수밖에 없었다. 내가 힘들여 잡은 그 큰 농어를 잡을 수 없을지도 모른다는 생각에 나는 너무나도 슬펐다.

이미 23년이나 지난 일이다. 지금 나는 뉴욕에서 꽤 많은 실적을 쌓은 건축가이다. 그동안 23년 전에 잡은 것만큼 큰 농어는 다시 보지 못했다. 그때 아버지가 나에게 놓아주게 한 것은 물고기 한 마리에 불과했지만 나는 그 일을 통해 자제력을 배웠다. 아버지의 말씀에 따름으로써 떳떳한 삶의 첫걸음을 내디딘 셈이다. 부모님의 말씀을 따르는 것이 당시에는 손해라고 생각했지만 먼 훗날 그것이 올바른 삶의 자세임을 깨달은 것이다. 그런 일이 있었기에 나는 삶 속에서 내 자신을 다스리는 데 매우 엄격한 사람이 될 수 있었다. 건축 설계에 있어서도 나는 부당한 이득을 거절한다. 친한 친구들이 주식시장의 내부 사정이나 승산에 대해 알려줄 때도 나는 정중히 사절한다. 정직은 내 삶의 신조가 되었으며, 내 아이들을 교육하는 데도 가장 기본이 되었다.

"얘야, 놓아주어라!"

그 당시엔 너무도 무정하게 들렸던 그 말이 지금은 내 가슴을 따뜻하게 해주고 있다.

삶의 가장 큰 비극은 모든 것을 소유하려는 데에 있다. 모든 비극의 씨앗인 집착은 내 것이라고 생각하는 것에서 출발한다. 하지만 이 세상에 내 것은 아무것도 없다. 죽을 때에 다 놓고 갈 수밖에 없는 것이다.

＋루이스 스미스 Louis Smith _미국의 건축가.

불행한 사람들을 위해 기도하라

가난하고 불쌍한 사람들이 이 세상에는 수두룩해.
우리는 그런 사람들을 위해 하느님께 기도를 올려야 한다.

테레사

'이게 무슨 소리지?'

한밤중에 식구들이 모두 잠들었을 때 나는 귀를 기울였다. 바스락 거리는 소리에 잠을 이루지 못했다.

'쥐인가?'

나는 살며시 밖으로 나가 보았다. 달빛이 환하여 뜰이 잘 보였다. 집안의 큰 나무가 시커먼 그림자를 보여주고 있었다.

'바스락 거리는 것들이 너였구나.'

그것은 쥐가 아니라 낙엽이었다. 떨어진 나뭇잎 몇 개는 여름 철인데도 벌레의 먹이감이 되고 있었다. 나는 낙엽을 모두 주워 차곡차곡 포개며 중얼거렸다.

"엄마 나무에서 떨어져 나와 몹시 슬프겠다. 그래서 이리저리 굴리며 울고 있었구나."

나는 낙엽을 가지고 방에 들어가 헝겊에 싸서 꼭 껴안고 잤다. 우리 집은 당시 가톨릭교를 믿고 있어서 아침에 시간이 있을 때마다 어머니는 우리들을 데리고 성당에 갔다. 나는 헝겊에 싼 낙엽을 들고 엄마와 언니, 오빠를 따라 성당에 갔다. 나는 헝겊에 싼 것을 두 손으로 꼭 쥐고 하느님께 기도를 올렸다.

"엄마 나무에서 떨어져 우는 낙엽을 주웠습니다. 이 낙엽들을 불쌍히 여기시어 부디 하늘나라로 가게 하소서."

기도를 하고 나는 헝겊을 풀어 어머니에게 보여주었다.

"불쌍한 것들이에요."

그러자 어머니께서 말씀하셨다.

"이 세상에는 엄마의 사랑을 받지 못하고 고아가 되어 떠돌아다니는 아이들이 많단다. 어디 그뿐이겠니?"

어머니는 말을 이어갔다.

"가난하고 불쌍한 사람들이 이 세상에 수두룩해. 우리는 그런 사람들을 위해 하느님께 기도를 올려야 해."

나는 그 말을 듣는 순간 마음이 뭉클해지면서 그런 불쌍한 사

람들을 위해 평생을 살기로 결심했다.

"네, 앞으로 저는 그런 사람들을 위해 살겠어요."

나는 그때부터 그런 불쌍한 사람을 위해서 평생을 살겠다고

마음먹고 수녀가 되기 위해서 준비를 했다.

행복은 결심이고, 선택이다.
부정적인 면보다 긍정적인 면을 찾는 것이다.
없는 것에 눈을 돌리는 대신 가진 것을 보고 감사하는 것이다.
행복은 그런 때에 얻어지는 것이다.

✚ 테레사 Teresa, 1910~1997
수녀, 1979년 노벨평화상 수상.

책임을 다하라

남자로 태어나 존경받는 사람이 되려면
반드시 자기의 책임을 다해야 한다.

제임스 우즈

나의 아버지는 평생을 군에서 근무하셨다. 어린 시절 대공황
을 겪으셨던 부모님은 자신들이 어린 시절에 갈망했지만 가질
수 없었던 것들을 자식들이 가질 수 있게 해주려 노력하셨다.
모든 부모들의 공통적인 희망이지만.

여덟 살 때, 나는 크리스마스 선물로 축음기를 받고 싶었다.
하지만 나는 아버지의 월급이 많지 않아서 나를 위해 축음기
를 사주실 여윳돈이 없다는 사실을 너무나 잘 알고 있었다. 그

런데 아버지는 군수처에 일자리를 얻어 매일 점심시간을 이용해 아르바이트를 하셨다. 아버지는 자존심도 버리고 부하들이 보는 앞에서 시간당 1달러짜리 일을 25일 동안이나 하셨다. 오로지 나에게 축음기를 사주시기 위해서였다.

일 년 후 아버지가 심장 수술을 받으셨는데 수혈 받은 혈액이 잘못되어 거부반응이 일어나고 말았다. 마지막 5일 동안 아버지는 자신의 생이 얼마 남지 않았음을 알고 계셨다. 아버지는 돌아가시기 직전에 이제 겨우 세 살이 된 내 동생에게 전화를 하셨다. 동생에게 자신이 이미 죽어서 천국에 있다고 말씀하셨다.

"하느님이 너에게 전화를 할 수 있게 해주셨단다. 우리가 인사를 할 수 있게 말이야. 두려워하거나 슬퍼하지 말거라. 아버지는 이곳에서 잘 있으니까. 늘 너희들이 그리울 거야."

아버지는 내게 편지를 남기셨는데 편지에는 내 학교 성적이 우수하여 매우 자랑스러웠다는 내용과 내가 커서 대학에 입학할 때는 매사추세츠 공과대학에 진학하기를 바란다는 아버지의 간절한 희망사항이 적혀있었다. 그리고 편지 말미에 "네가 무슨 일을 하든지 최선을 다한다면 반드시 성공할 것이라 믿는다."라는 말로 끝을 맺으셨다. 나는 이후에 아버지의 소원대로 매사추세츠 공과대학에 진학했다.

내가 학교에서 주최하는 우등생 오찬회에 참석했던 그날, 어머니는 아버지가 쓴 또 한통의 편지를 주셨다. 이 편지가 마지막 편지였다.

그날은 내게 평생 잊을 수 없는 날이 되었다. 당시 나는 아버지가 얼마나 비통한 마음으로 이 편지를 쓰셨을지 알지 못했다. 아버지는 어머니의 품 안에서 세상을 떠나시는 순간에 마지막으로 이렇게 말씀하셨다고 한다.

"지미가 기쁜 마음으로 우등생 오찬회를 즐길 수 있도록 아이가 돌아온 후에 내 소식을 알리도록 해요."

어머니와 아버지는 딱 한 번 다투신 적이 있었는데 그것은 돈에 관한 문제 때문이었다. 아버지는 우리를 위해 집을 보장해주는 보험에 들고자 하셨다. 그리고 어머니께 이렇게 말씀하셨다.

"이것은 없어서는 안 될 투자요. 만일 나에게 무슨 일이 생기더라도 당신 아이들은 이 집을 지킬 수 있게 될 거요."

"하지만 우리에게는 보험에 들 돈이 없어요."

어머니가 말씀하셨다.

그렇게 싸우신 후 6개월 뒤 아버지는 세상을 떠나셨다. 어머니는 우리 가족이 곧 쫓겨날 것이라고 생각하셨지만 3주 후 보험회사의 직원이 찾아왔고, 우리는 계속 우리 집에서 살 수 있었다. 아버지는 돌아가시기 전에 몰래 돈을 모아 보험에 가입하셨다.

지금 그는 조용히 무덤에 누워 있지만 전과 다름없이 우리를 걱정하고 보살피고 계신다.

나는 늘 아버지의 말씀을 떠올린다.

"남자로 태어나 존경받는 사람이 되려면 반드시 자기의 책임을 다해야 한다."

아버지는 자신의 삶을 통해 몸소 이 말의 의미를 보여주셨다.

아버지의 이 한마디는 이제 내 인생에서 삶의 철칙이 되었다.

모든 결정에는 위험이 따를 수밖에 없고, 어떤 결정이든 위험을 감수해야 한다.
위험을 감수하지 않는 것은 안전해 보이지만 사실 가장 위험한 결정일 수 있다.

+ 제임스 우즈 James Woods, 1947-
미국 영화배우.

09

부부간에 지켜야 할 금도

꼭 기억하도록 해라.
아무리 행복한 결혼 생활이라 하더라도
때로는 못 들은 척해야 할 말들이 있는 법이란다.

루스 베이더 긴즈버그

나는 여성으로서 내 평생의 동반자를 고르는데 그 기준은 매우 독특하다.

"그는 내가 사귀어 본 모든 남자들 중에서 유일하게 나의 지혜를 사랑한 남자입니다."

4년의 연애 끝에 결혼을 하게 된 나는 결혼식 날 아침 방에서 마지막 준비를 하고 있었다. 그때 남자 친구의 어머니가 들어와 나의 손에 무엇인가를 쥐어 주었다. 그러고는 나를 바라보며 전에 없던 진지한 태도로 말씀하셨다.

"나는 지금 너에게 오늘 이후 가장 유용하게 쓰일 충고를 하려고 한다. 그러니 반드시 기억하도록 해라. 아무리 행복한 결혼 생활이라 하더라도 때로는 못 들은 척해야 할 말들이 있는 법이란다."

남자 친구의 어머니가 나의 손에 쥐어 준 것은 한 쌍의 고무 귀마개였다. 나는 당황스러웠다. 오늘 같은 날 귀마개를 주시는 것이 무슨 의미인지 정말 알 수가 없었다. 하지만 오래지 않아 나는 남편과 처음으로 다투게 되었고, 이때 나는 결혼식 날 나에게 귀마개를 주신 시어머니의 뜻을 알게 되었다.

그것은 아주 간단한 것이었다. 어머니는 자신의 경험을 바탕으로 나에게 알려주려 하신 것이다. 사람은 화가 나거나 다른 사람과 충돌하게 될 때, 깊이 생각해 보지 않은 말들을 내뱉게 된다. 그런 때 가장 좋은 대응 방법은 바로 못 들은 척하는 것이다. 못 들은 셈 치면 똑같이 화를 내며 반격할 필요가 없으니까 말이다.

나는 시어머니의 충고를 결혼 생활에만 한정시키지 않았다. 삶에서, 특히 대인관계에서 반드시 지켜야 할 교훈으로 삼았다. 그리하여 집에서는 이 방법으로 나의 실수를 날카롭게 지적하고 큰소리치는 남편과 화해했고, 나의 결혼 생활을 지켰다. 직장에서는 이 방법으로 동료들의 과격한 원망을 피했고, 내가 일하는 환경을 개선했다. 나는 분노, 원망, 질투와 같은 것들은 모두 무의미하다고 자신에게 경고했다. 그것들은 한 인간의 아름다움, 특히 한 여인의 아름다움을 빼앗을 뿐이었다.

사람은 누구나 남에게 상처를 주는 말을 할 수 있다. 이때 가장 좋은 대응은 잠시 자신의 귀를 막는 방법이다.

'지금 뭐라고 했어요? 못 들었어요…….'

선택해서 듣고 선택해서 말하고 선택해서 보면 많은 분노와 갈등의 싹을 초기에 잘라낼 수 있다.

오늘 하루 아내의 얼굴을 보라.
그리고 스스로에게 물어보라.
아내의 얼굴이 행복해 보이는지,
아니면 불행해 보이는지.
해답을 얻었다면 이유도 자문해 보라.

+ 루스 베이더 긴즈버그 Ruth Bader Ginsburg
미국 여성 대법관.

나에게 용기를 준 말 한마디

나는 너의 눈을 보는 순간 알았단다.
너는 나중에 뉴욕 주지사가 될 거야.

로저 롤스

나는 뉴욕의 슬렘에서 태어났다. 그곳에서 태어난 아이들은 대부분 성장 후에도 제대로 취직도 못하고 사회에서 낙오자가 되고 만다. 그러나 예외도 있다. 그 예외 중에 한 사람이 바로 '나' 로저 롤스다.

나는 대학을 졸업했으며, 빈민가 출신으로, 게다가 흑인으로 주지사가 되어 지금 이 자리에 서 있다.

사실 이 모든 일이 행운에 의해서 얻어진 것처럼 사람들은 생각하고 있으나 결단코 운에 의해서 우연히 얻어진 것은 아니다. 내가 이 자리에 서 있기까지 나에게 잊을 수 없는 선생님이 있었으며, 그 선생님의 말 한마디가 나를 변화시켜 새로운 사람으로 만들어 주었고 '주지사'라는 목표를 향해 나아가게 했다.

1961년 내가 초등학교 다닐 때였다. 그때 피어 풀 선생님이 우리 학교 교장 선생님으로 부임하셨다. 나는 새로 부임한 교장 선생님이 아마도 우리 학교 아이들만큼 말썽을 일으키고 문제를 일으키는 학생은 보지 못했다고 생각하여 실망을 느끼고 계시는 줄 알았다.

우리는 하루가 멀다 하고 싸움질을 하고 학교 기물을 부수는가 하면, 수업을 빼먹는 것은 다반사였다. 하지만 그럴 때마다 교장 선생님은 그렇게 말썽만 부리는 우리에게 한 번도 야단을 치거나 꾸중을 하신 일이 없었다.

그러던 어느 날 아이들과 함께 소란을 피우고 장난을 치다가 교실 밖으로 뛰어나갔다. 바로 그때 피어 풀 교장 선생님이 내 앞에 섰다. 나도 황급히 멈춰 섰다. 그러자 교장 선생님은 나를 그윽한 눈으로 바라보시더니 평생 잊지 못할 말씀을 하셨다.

"나는 너의 눈을 보는 순간 알았단다. 너는 나중에 뉴욕 주지사가 될 거야."

나는 너무 놀라서 그 자리에서 꼼짝도 하지 못하고 서 있었다.
학교에서 말썽만 부리는 학생에게 장래 주지사가 될 것이라고
하신 말씀은 너무나 뜻밖의 말이었다. 나는 그때부터 교장 선
생님의 말씀을 한 번도 잊어본 적이 없었다. 그리고 그 말씀을
믿기로 결심했다. 그날부터 뉴욕 주지사의 깃발이 내 가슴 속
에서 펄럭였다. 그리고 교장 선생님의 말씀을 내 가슴 속에서
살아서 나를 움직였다. 그 무엇보다도 힘차게 말이다. 그리고
피어 풀 선생님이 하신 말씀이 꿈이 아닌 현실이 되게 하기 위
해서 모든 노력을 기울였다. 또한 주지사가 되기 위한 나의 행
동에 어긋나는 짓은 조금도 하지 않았다. 다시 말해서 마치 주
지사가 된 것처럼 행동하고 처신에 주의했다. 그리고 마침내
나는 교장 선생님의 예언대로 뉴욕 주지사가 되었다. 게다가
흑인으로서는 처음으로. 이것은 모두 피어 풀 교장 선생님의
말 한마디 덕분이었다.

미래가 보이지 않는가? 앞길이 불투명해 불안한가? 삶이란 불투명한 유리잔에 희망을 채우는 작업
이다.

+ 로저 롤스 Roger Rols _미국 뉴욕의 첫 흑인 주지사.

후회 없는
선택을
위하여

성공의 필수 조건은 성공의 자격을 갖추는 것이다. 그리고 때를 기다리는 것이다.
준비된 자는 성공의 기회가 두드리는 문소리를 들을 수 있다.

Heart beating word

어떤 습관을 가지냐에 따라
그 사람의 인생이 바뀔 수 있다.
인간은 자기가 가진 습관의 노예다.

01

자신을 위해서
일한다고 생각하는가?

당신 스스로 남을 위하여 일을 하고 있다고 생각하면,
당신은 영원히 남을 위하여 일을 하게 될 것이다.
그러나 당신 자신을 위하여 일한다고 믿는 사람은
자기 자신을 위한 삶을 살고 있는 것이다.

찰스 M.슈왑

나는 일할 때 다른 사람과 달리 보수에 연연하지 않는다. 그보
다는 새로 시작한 일이 이전의 일보다 얼마나 전망이 좋은가
하는 것이 나의 관심사다. 사람들이 나에게 성공의 비결을 물
으면 나는 항상 이렇게 대답한다. 나의 좌우명 즉, '당신 스스
로 남을 위하여 일하고 있다고 생각하면, 당신은 영원히 남을
위하여 일을 하게 될 것이다. 그러나 당신 자신을 위하여 일한
다고 믿는 사람은 자기 자신을 위한 삶을 살고 있는 것이다.'

라는 한마디 말 때문이라고.

나는 어린 시절 매우 가난하게 자랐다. 열다섯 살 때부터 나는
우리 가족의 생계를 위해서 마부가 되었다. 마부 생활을 하면
서도 더 나은 일과 기회를 찾기 위해 노력했다. 그리하여 3년
후 마침내 미국의 강철왕 앤드류 카네기의 사업체 건축 현장
에서 일을 하게 되었다. 그곳에서 일하면서 나는 가장 우수한
인재가 되겠다고 결심을 했다. 다른 동료들이 적은 보수로 파
업을 일삼을 때에도 나는 묵묵히 일을 하면서 건축 지식을 틈
틈이 공부했다.

어느 날 나는 떠들고 노는 동료들 옆에서 책을 읽고 있었다.
그때 마침 지나가던 사장이 내가 읽고 있는 책과 노트를 보더
니 아무 말 없이 사무실로 돌아갔다. 그 다음 날 사장은 나를
사무실로 불렀다. 사장은 나를 보자마자 물었다.

"건축 지식은 뭐 하러 공부를 하는가?"

"우리 회사에는 훌륭한 노동자는 많습니다만, 전문 지식을 갖
춘 기술자나 관리자가 없습니다. 그래서 건축 지식을 공부하
고 있습니다."

사장은 고개를 끄덕였다. 그리고 얼마 안 있어 나는 단순 노동

자에서 기사로 승진되었다. 다른 노동자들은 일을 열심히 하는 나에게 시비를 걸거나 사장을 위해서 열심히 일해봐야 소용이 없다는 식으로 말했다. 그때마다 나는 단호하게 말했다. "나는 사장을 위해서 일하는 것이 아닙니다. 단순히 돈을 벌기 위해서는 더더욱 아닙니다. 내 꿈과 포부를 위해서 일합니다. 우리는 일한 성과에 따라 더 높은 곳으로 올라갈 수 있습니다. 그렇게 하다보면 기회가 찾아오게 됩니다."

나는 주변 사람들의 평범한 삶을 보면서 더욱 분발했고, 무슨 일을 하던 적극적인 태도로 일했으며, 업무에 있어서는 완벽을 추구했다. 그렇게 노력한 끝에 나는 승승장구하여 스물다섯 되던 해에 마침내 내가 다니던 건축회사 사장이 되었다. 사장이 되어서도 게으름을 부리지 않고 더욱 열심히 일한 덕분에 사장이 된지 7년 되던 해에 마침내 그토록 원하던 나의 회사를 설립하게 되었다. 그리하여 일개 막노동꾼에서 기업의 창업가가 된 것이다. 마침내 젊었을 때 품었던 꿈을 이루게 된 것이다. 이것은 오로지 '당신 스스로 남을 위하여 일을 하고 있다고 생각하면, 당신은 영원히 남을 위하여 일을 하게 될 것이다. 그러나 당신 자신을 위하여 일한다고 믿는 사람은 자기 자신을 위한 삶을 살고 있는 것이다.'라는 좌우명을 실천했기 때문이다.

자신의 좋아하는 일에 빠져 놀라운 발전을 한 슈왑처럼 진정한 삶의 보람은 현재 하고 있는 일을 얼마나 즐기면서 하는가에 달려있다.

+ 찰스 M.슈왑 Chares Michael Schwab, 1862-1939
미국 기업인, 베들레헴 철강회사 사장.

02

습관에 따라 인생이 바뀐다

|

어떤 습관을 가지냐에 따라
그 사람의 인생이 바뀔 수 있다.
인간은 자기가 가진 습관의 노예이다.

진 폴 게티

나는 프랑스로 휴가를 갔었다. 그날 프랑스에는 큰 비가 내렸다. 내가 자동차를 몰고 장시간 운전하여 다다른 곳은 어느 작은 도시의 모텔이었다. 피곤해서 지친 나는 저녁을 먹자마자 곧 꿈나라로 갔다.

잠시 눈을 떠서 시계를 바라보니 새벽 두 시였다. 담배가 생각나서 등을 켜고 침대 옆 테이블에 놓아둔 담배 상자를 더듬거리며 집었다. 그런데 담배 상자 안에 담배가 한 개비도 없었다. 이부자리를 털고 일어나 주머니를 뒤졌으나 아무 데도 담배가 없었다. 무의식중에 나는 가방 안에 혹시나 담배가 있지 않을까 하는 생각에 가방을 뒤졌으나 거기에도 담배는 보이지 않았다. 시계를 보니 새벽 두 시가 조금 넘고 있었는데, 이 시간에는 식당이나 클럽도 문을 닫을 시간이었다. 담배를 피울 수 있는 유일한 방법은 역까지 걸어가거나 차를 타고 가서 사오는 길 밖에 없었다. 옷을 챙겨 입고 차를 세워둔 모텔 주차장까지 가려니 영 마음이 내키지 않았다. 밖에는 비가 아직도 세차게 쏟아지고 있었다.

담배를 피울 수 없는 상황이 되자 나는 담배가 더욱 피우고 싶었다. 애연가들은 누구나 갖는 공통적인 심리다. 내가 외출복을 갈아입고 우산을 드는 순간 '내가 지금 뭐하려는 거지?' 나 자신에게 물었다.

나는 그 자리에 서서 잠시 생각했다. 한 사람의 지식인이면서 그리고 사회적으로 꽤 성공했다고 자부하는 인간이, 한밤중에 폭우가 쏟아지는데 차를 몰고 가는 이유가 고작 담배란 말인가?

담배를 피우는 것이 도대체 얼마나 대단한 습관이라고 그 힘이 이렇게도 크단 말인가?

그때 갑자기 오래 전에 어느 책에서 읽은 구절이 생각났다.

'어떤 습관을 가지냐에 따라 그 사람의 인생이 바뀔 수 있다. 인간은 자기가 가진 습관의 노예이다.'

그럼 나는 '흡연'이라는 습관의 노예란 말인가?

이로울 것 하나 없는 담배를 앞으로도 계속 피울 것인가? 그렇다면 앞으로도 담배가 없으면 또 이런 광경이 벌어지지 않겠는가? 내가 이런 작은 습관마저 고치지 못한다면 앞으로 무슨 큰일을 할 수 있겠는가?

잠시 후 나는 결심했다. 그러고는 담뱃갑을 구겨서 쓰레기통에 집어던졌다. 다시 잠옷으로 갈아입은 나는 침대로 돌아와 '흡연'이라는 습관과의 싸움에서 이긴 승자의 기분을 만끽하며 꿈나라로 향했다. 그리고 그때부터 지금까지 담배는 입에도 대지 않게 되었다. '금연'이 습관화 된 것이다.

습관의 힘은 매우 크다.
다행히 좋은 습관을 길렀다면 좋은 결과를 얻을 것이다.
만에 하나 나쁜 습관에 빠져 있다면 자신도 모르는 사이에 스스로를 망치게 된다.

+ 진 폴 게티 Jean Paul Getty, 1892-1976
미국의 사업가.

인생에는 리허설이 없다

네가 두 개의 의자에 앉으려고 한다면
어느 하나에도 제대로 앉지 못하고 의자 사이로 떨어지고 만다.
인생도 마찬가지다. 신중하게 결단해서
네가 앉을 하나의 의자를 선택하라.

루치아노 파바로티

나는 사범학교를 졸업할 무렵 교사가 될지, 아니면 오페라 가수가 될지 많은 고민을 했다.

이것은 정말로 어려운 결단이었다. 교육을 전공했지만 노래하는 것이 좋았던 나는 도대체 무엇을 해야 할지 쉽게 결정을 내리지 못했다. 주위의 사람들 중에는 교사가 되어서도 노래를 부를 수 있으니 교사가 되는 것이 좋겠다고 말하는 사람도 있었다.

진로를 고민하던 나는 할 수 없이 아버지에게 물었다.

"아버지, 저는 선생님이 될까요, 아니면 오페라 가수가 될까요? 어느 쪽이 제게 좋을지 모르겠어요."

잠시 깊은 생각에 잠기시던 아버지께서 이렇게 말씀하셨다.

"네가 두 개의 의자에 앉으려고 한다면 어느 하나에도 제대로 앉지 못하고 의자 사이로 떨어지고 만다. 인생도 마찬가지다. 신중하게 결단해서 네가 앉을 하나의 의자를 선택해라."

나는 아버지 말씀의 뜻이 무엇인지 알아차렸다. 교사를 하면서 취미로 노래를 부르겠다는 꿈을 그때 바로 접었다. 그리고 오페라를 선택했다. 이것은 오로지 아버지의 가르침 때문이었다. 그때 아버지의 말씀 한마디가 내 인생을 결정지은 것이다.

인생은 때때로 우리를 선택의 기로에 서게 한다.
하지만 인생에는 리허설이 없다. 결단을 내리지 못하고 우물쭈물하는 것은
더욱 용납되지 않는다. 우물쭈물하다가는 두 개의 의자 사이에 떨어지고 만다.

┼ 루치아노 파바로티 Luciano Pavarotti, 1935-2007
성악가.

오늘을 살아라

過去의 일은 후회해도 소용이 없다.
내일 일어날 일에 대해서 두려워할 필요도 없다.
네가 살고 있는 오늘, 바로 이 순간에 최선을 다하라.

에드워드 S. 에반스

가난한 가정에서 태어난 나는 신문팔이로 시작해서 잡화상 직원을 거쳐 도서관 보조 관리자로 전전했다. 월급은 쥐꼬리만큼 적었지만 이것으로 일곱 식구를 봉양해야만 했다.

그렇게 온갖 궂은일을 하면서 8년을 보내다가 그동안 모아 두었던 돈을 밑천으로 삼아 마침내 소원하던 사업을 시작했다. 그러나 불운은 나를 놓아주지를 않았다. 보증을 서 준 친구가 망하자 그 빚은 고스란히 나에게로 넘어왔다. 그럭저럭 사건이 마무리되려던 순간 더 큰 불행이 나를 엄습했다. 나의 전 재산을 맡겨 두었던 은행이 파산을 선고하면서 한 푼도 건지지 못하고 알거지가 되어 거리로 쫓겨 나가게 되었다.

설상가상으로 겹쳐서 불어 닥친 불운에 나는 정신이 처참하게 무너졌으며, 그로 인해 이름 모를 병까지 걸려 거리에 쓰러지게 되었다. 인근 병원에 누워서 걷지도 못하게 된 나를 진찰하던 의사가 앞으로 2주일을 넘기지 못할 것이라는, 시한폭탄과 같은 사형선고를 했다.

나는 큰 충격을 받고 유서를 쓰고 침대에 누워 죽기만을 기다리고 있었다. 그때 나의 소식을 들은 어머니가 달려와서 내 모습을 보시더니 이렇게 말씀하셨다.

"과거의 일은 후회해도 소용이 없다. 또 내일 일어날 일에 대해서도 두려워할 필요 없다. 네가 살고 있는 오늘, 바로 이 순간에 최선을 다하거라."

나는 그때까지 죽기만 기다리고 있었는데 어머니 말씀을 듣는 순간, 마음이 홀가분해졌다. 병명도 모르는 나의 병은 바로 어머니가 지적하신 '과거에 대한 후회와 내일에 대한 불안에서'

오는 것임을 깨닫게 되자, 마음이 의외로 홀가분해졌다.

나는 이상하게도 의사가 선고한 2주가 지나도 죽지 않았고, 오히려 몸 상태가 호전되는 것을 느꼈다. 침대에서 일어나 지팡이를 짚고 걷기 시작했다. 그렇게 두 달 만에 완전히 회복되어 퇴원했다.

내가 죽음의 문턱까지 간 것은 과거에 대한 가슴 찢어지는 후회와 내일에 대한 막연한 불안 때문인 것을 깨달았다. 그리고 그런 쓸데없는 고민에서 벗어나게 된 것은 어머니의 예리한 판단과 결코 잊지 못할 말 한마디 때문이었다. 나는 그때부터 어머니께서 하신 말씀을 좌우명으로 삼았다.

건강을 회복한 나는 새로운 사람이 되었다. 나는 오늘 해야 할 일에 전력을 쏟았고, 지나간 어제와 닥쳐올 미래에 대해서는 생각하지 않으려고 노력했다. 재기에 성공한 나는 '에반스 프로덕션'을 세웠다. 이 회사의 주식이 당시 미국 증시 사상 최고의 상한가를 기록했다. 그린란드에 가면 나의 이름을 붙인 에반스 공항이 있다. 이렇게 성공한 원인은 오로지 어머니 말씀 한마디 때문이다.

인생에는 두 가지 고통이 있다. 하나는 훈련의 고통이고 또 하나는 후회의 고통이다. 훈련의 고통은 가볍지만 후회의 고통은 무겁다.

+ 에드워드 S. 에반스 Edward S. Evans _에반스 프로덕션 주식회사 회장.

05

Heart beating word

너는 특별한 사람이다

|

다른 사람들의 놀람 따위는 신경 쓰지 말고
네가 하고 싶은 대로 하려무나. 단 이것만은 알아야 한다.
사람들이 너의 옷차림을 보고 수군 댈 수 있다는 것을.
그건 너를 당황하게 할지도 모른다.
왜냐하면
다른 사람들과 다르게 산다는 것은 원래 쉽지가 않으니까.

우피 골드버그

나는 뉴욕의 빈민가에서 자랐다. 히피풍에 매료되었던 시절,
나는 나팔바지를 즐겨 입었으며, 아프로 스타일(곱슬머리를
짧게 말아 올려 컬을 만든 흑인풍의 헤어스타일)의 머리와 얼
굴에는 짙은 색조 화장을 하고 다녔다. 이것 때문에 주변 이웃
사람들로부터 눈총을 받기도 하고 주위 사람들의 입에 오르내
리기도 했다.

한번은 친구와 함께 저녁에 영화를 보러 가기로 했다. 약속 시

간이 되자 나는 땅에 끌리는 멜빵바지에 화려하게 염색한 머리에, 알록달록한 셔츠를 입고 나갔다. 그런 모습의 나를 위아래로 훑어보던 친구가 말했다.

"얘, 가서 옷 좀 갈아입고 오면 좋겠다. 그게 뭐니?"

"왜?"

나는 좀 당황스러웠다. 친구가 그렇게 말할 줄은 몰랐기 때문이다.

"너와 함께 다니기 창피해서 같이 못 다니겠다. 아!"

나는 좀 어리둥절했다. 친구가 나를 이해하지는 못할지라도 그 정도까지 반응할 줄은 몰랐다. 나는 약간 화가 나서, "그래, 그럼 갈아입고 싶으면 너나 갈아입어!" 하고 쏘아 붙이자 친구는 휑하니 문을 박차고 나가 버렸다.

마침 이 광경을 보신 어머니께서 나에게 다가와 말씀하셨다.

"가서 옷을 갈아입으면 너는 다른 사람들과 같아질 수 있다. 그러나 네가 그렇게 하고 싶지 않으면 하지 않아도 돼. 다른 사람들의 놀림 따위는 신경 쓰지 말고 네가 하고 싶은 대로 하려무나. 단, 이것만은 알아야 한다. 사람들이 너의 옷차림을 보고 수군 댈 수 있다는 것을. 그건 너를 당황하게 할지도 모른다. 왜냐하면 다른 사람들과 다르게 산다는 것은 원래 쉽지가 않으니까."

나는 어머니 말씀에 큰 충격을 받았다. 내가 다른 사람들과 다른 방식으로 살려고 할 때 그 누구도 나를 격려해 주지 않았다. 가장 가까웠던 친구가 옷을 갈아입고 오라고 했을 때 나는 실제 커다란 기로에 놓여 있었다. 오늘 친구가 갈아입고 오라고 했을 때 갈아입고 온다면 나는 앞으로 얼마나 많이 옷을 갈아입어야 하는가?

어머니는 나의 이런 마음을 이해하신 것이다. 내가 단순히 다른 사람과 같아지기 위해서, 다른 사람을 의식하여 나를 바꾸는 일 따위는 원치 않으셨던 것이다. 어머니는 내게 다른 사람과 똑같이 살기를 거부하는 것은 잘못이 아니지만, 결코 쉽지만은 않다는 것을 일깨워주신 것이다.

나는 평생 동안 이 문제에서 벗어나지 못했다. 배우가 된 후에도 여전히 사람들은 나의 옷차림에 대해서 이러쿵저러쿵 말들이 많았다. 그때마다 나는 어머니의 말씀을 생각하고 결정을 내렸다. 하지만 그 사람들은 결국 내 헤어스타일과 옷차림을 따라 하기 시작했다.

사람들은 다른 사람의 옷차림에 대해서는 관심이 많지만 그 사람의 내면이 어떠한지에 대해서는 중요하게 생각하지 않는다. 한 사람의 독립된 인간이 되기 위해서는 어느 정도 비판은 감수해야 한다.
+ 우피 골드버그 Whoopi Goldberg, 1955~ _미국 영화배우.

당신이 아니더라도
다른 누군가가 대신한다

|

당신이나 내가 언젠가는 여기에 눕게 되겠지요.
당신이 없다면 당신이 해왔던 일들을
누군가가 대신하게 되겠지요.

토마스 왓슨

내가 심장병을 앓을 때였다. 병세가 심해지자 의사는 나에게
입원을 권했다.

"내가 어떻게 시간을 낼 수 있어요?"

나는 입원하라는 의사의 말에 안절부절못하며 말했다.

"IBM은 작은 구멍가게가 아니란 말이에요. 매일 얼마나 많은
일들이 나의 결재를 기다리고 있는지 아세요? 내가 하루만 비
워도, 그리고 내가 없다면……."

"우리 잠시 밖으로 나가 걸읍시다."

의사는 나의 말에 한마디 대꾸도 하지 않고 나를 데리고 밖으로 가더니 차를 몰고 야외로 나갔다. 한참 운전을 하고 간 곳이 바로 공동묘지였다. 차에서 내린 의사는 나를 밖으로 나오라고 했다. 그리하여 의사와 함께 공동묘지 주위를 걷게 되었다. 의사는 나를 바라보며 쓸쓸한 표정으로 말했다.

"당신이나 나나 언젠가는 여기에 눕게 되겠지요. 당신이 없다면 당신이 해왔던 일들을 누군가가 대신하게 될 겁니다. 당신이 죽은 후에도 그 회사는 잘 돌아갈 거예요. 설마 바로 문을 닫기야 하겠습니까?"

나는 아무 말도 할 수 없었다. 아니 아무 말도 하지 못했다. 다음 날 나는 사무실로 출근하자마자 이사회에 사표를 던지고 곧바로 입원했다. 나는 치료를 마치고 퇴원한 후에도 세계 각지를 돌아다니면서 여유로운 시간을 보냈다. 물론 IBM은 의사의 말처럼 내가 없어도 잘 돌아가고 있었다.

그때부터 '당신이 없다면 당신이 해왔던 일을 누군가가 대신한다'는 의사의 말을 나의 좌우명으로 삼았으며, 나 아니면 안 된다는 독불장군적인 사고방식을 버리고 겸허한 마음으로 삶을 받아들이기로 했다. 그랬더니 더욱 건강해지고, 삶이 참으로 가치 있고 아름답게 느껴졌다.

당신이 아니더라도 지구는 여전히 돌고 있다. 그 누구도 자신의 중요성을
지나치게 과장해서는 안 된다. 지위도 명예도 모두 자신을 위한 것이 아닌가.
당신이 다른 사람에게 중요한 사람이라는 것을 생각하면 당신이 태어나기 전을 상상해보
라. 사람들은 그때에도 잘 살고 있었다.
지구가 망하지 않는 한 당신이 죽은 후에도 지구는 잘 돌아가고 있을 것이다. 겸손하라.

+ 토마스 왓슨 Tomas J. Watson. 1874~1956
IBM 전 총재.

잠재력은 상상한 것
이상을 초월한다

나는 자네가 스스로에게 자신의 능력을 보여줄 기회가 있기를 바라네.
자네가 가진 잠재력이 자네의 상상력을 훨씬 넘어서는 것에
자네 자신도 놀라게 될 것이네.

리카이푸

마이크로소프트사의 연구담당 부사장인 라카이푸는 중국의
대학생들에게 자신의 이야기가 담긴 한 통의 편지를 보냈다.

"내가 애플사에서 일할 때의 일입니다. 하루는 사장이 언제쯤
자신의 일을 대신할 수 있느냐고 물었습니다. 너무 놀란 나는
아직 나에게는 그와 같은 관리 능력과 경험이 없다고 대답했
습니다. 그러자 사장은 이렇게 말하더군요.

"나는 자네가 스스로에게 자신의 능력을 보여줄 기회가 있기를 바라네. 자네가 가진 잠재력이 자네의 상상력을 훨씬 넘어서는 것에 자네 자신도 놀라게 될 것이네. 경험은 배우고 쌓으면 되는 것이지. 나는 자네가 2년 후에 내 뒤를 잇기를 바라네."

사장의 갑작스러운 제안과 격려에 나는 더 열심히 연구하고 경험을 쌓았습니다. 그리고 2년 후에 정말로 사장직을 인계받았습니다.

내가 여러분에게 이야기하고 싶은 것은 바로 이것입니다. 여러분이 스스로에게 자신의 능력을 보여줄 기회를 주었으면 합니다. 여러분은 자신이 가진 잠재력이 여러분이 상상하는 것 이상으로 훨씬 크다는 것에 놀라게 될 것입니다.

미국의 유명한 작가인 윌리엄 포드는 이렇게 말했습니다.

'당신의 동료와 경쟁하기 위해 애쓸 필요는 없다. 당신의 진정한 경쟁 상대는 바로 당신 자신이다. 내일의 당신은 오늘의 당신보다 훨씬 나은 사람이어야 한다.'"

리카이푸의 편지는 계속 이어졌다.

"학교에서 받은 좋은 성적만으로 만족하는 것은 정말로 우스운 일입니다. 인간의 잠재력은 무한한 것이니까요. 잠재력을 개발하고 발휘하기 위해 새로운 기회를 찾아 적극적으로 나아가지 않는다면 여러분은 자신이 할 수 있는 것이 무엇인지 영원히 알지 못하고 생을 마감하게 될 것입니다.

학생 여러분, 분명히 기억하세요. 뛰는 사람 위에 나는 사람이 있는 법입니다. 21세기 경쟁에는 이미 경계가 사라졌습니다. 경쟁에서 살아남기 위해 여러분은 깨어있어야 합니다.

보다 높은 곳을 바라보고, 도전적인 목표를 가져야 합니다. 학생 여러분 모두가 '우물 안 개구리가 아닌 하늘 높이 나는 새'가 되기를 바랍니다."

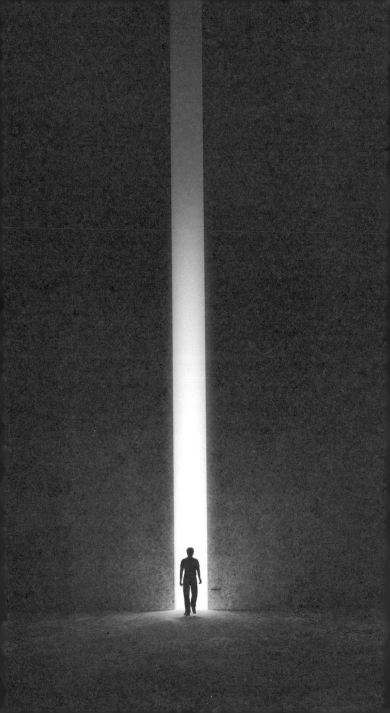

성공은 말로 되는 것이 아니다.
성공을 위한 모든 노력을 몸에 배게 해야 한다.
그래야 언제 어디서든지 실전에 사용할 수 있다.

✦ 리카이푸 李開復, 1961-
전 마이크로소프트 리서치 아시아, NISD 부사장, 전 구글 차이나 사장,
현재는 창신공장의 최고경영자.

08

Heart beating word

보다 나은
인생의 무대를 찾아라

|

높이 올라 손짓하면 팔이 길지 않아도 멀리 보이며,
바람을 타고 소리 지르면 소리가 크지 않아도 뚜렷하게 들린다.

이사

나는 스물여섯 살 되던 해에 초楚나라 작은 마을의 식량 창고 관리자가 되었다. 내가 하는 일은 곳간의 곡식 재고량을 기록하고, 식량의 출입량을 정확하게 파악하는 것이었다.

나는 내가 하는 일과 생활에 불만이 많았지만, 그렇다고 뭔가 특별히 문제가 있다고는 생각하지 않았다. 그러던 어느 날 나는 곳간 바깥쪽에 있는 뒷간에 갔다가 그 안에 있는 쥐들을 보게 되었다. 뒷간에 사는 쥐들은 하나같이 깡마른 몸에 잿빛 털을 가지고 있었다. 쥐떼의 더러운 모습과 거기서 나오는 악취들은 구역질이 나올 정도였다.

머리를 내밀고 먹을 것을 찾아다니는 쥐떼를 보면서 나는 갑자기 곳간의 쥐들이 생각났다. 그 쥐들은 잘 먹어서 통통하게 살이 오르고 윤기 나는 털을 가진 녀석들이었다. 하루 종일 곳간 구석을 돌아다니며 배를 채우는 곳간 쥐들의 생활은 지금 눈앞에 있는 뒷간의 쥐들과는 천양지차가 났다.

'인간이나 쥐나 다를 바가 없구나. 곳간이냐 뒷간이냐 머무르는 곳이 다르면 운명도 다른 법이지. 작은 마을의 식량 창고 관리직으로 8년을 살아오면서 바깥세상이 어떤 것인지 모르는 내가 저 쥐와 무엇이 다르단 말인가? 하루 종일 이곳에 살면서 곳간과 같은 천국이 있는 것도 모르고 살고 있지 않은가? 그렇다면 배불리 먹고 잘 사는 곳간의 쥐들이 뒷간에 사는 쥐들보다 잘나서 그런 것인가? 아니다. 그렇지 않다. 환경을 잘 선택했을 뿐이다.'

그때 나에게 유학의 대가 순자荀子의 말이 떠올랐다.

"높이 올라 손짓하면 팔이 길지 않아도 멀리 보이며, 바람을 타고 소리 지르면 소리가 크지 않아도 뚜렷하게 들린다."

나는 그 말이 떠오르는 순간 가슴이 뛰는 것을 느꼈다. 사람이 재능을 발휘하기 위해서는 좋은 무대를 만나야 한다고. 나는 순자의 가르침을 가슴속에 새기며 다음날 그 마을을 떠났다. 새로운 무대를 만나 새로운 인생을 살기 위해 길을 떠난 것이다. 그로부터 20년이 지나 나는 진秦의 수도 함양의 재상부에서 살게 되었다. 새로운 무대를 만난 것이다.

성공의 필수 조건은 성공의 자격을 갖추는 것이다.
그리고 때를 기다리는 것이다.
준비된 자는 성공의 기회가 두드리는 문소리를 들을 수 있다.

+ 이사 李斯
중국 진秦나라 때의 정치가.

새로운 친구를 사귀는 것을
두려워 말라

사람은 새로운 친구를 사귈 줄 알아야 한단다.
네 삶에 용감하게 뛰어들어야 새로운 세상을 얻게 되는 거야.

데이비드 커닝스

1960년 10월의 어느 날이었다. 신문사 사무실 벽에 붙은 업무
분담표 앞에서 나는 내 눈을 의심하지 않을 수 없었다. 눈을 비
비고 몇 번을 다시 살펴보았지만 분명 같은 내용이었다.

'커닝스: 엘리너 루스벨트 여사와 인터뷰 예정되어 있음.'

이게 무슨 일이란 말인가. 기자가 된 지 채 몇 달이 안 된 나 같
은 신입기자에게 이런 중요한 임무를 맡기다니. 나는 당장 편
집장을 찾아갔다. 편집장은 하던 일을 멈추고 내게 웃으며 말

했다.

"자네가 본 것이 맞네. 우리는 자네가 하워드 교수와의 인터뷰를 성공적으로 해낸 것을 보았네. 그래서 이번 일도 자네에게 맡기기로 한 것이네. 모래까지 인터뷰한 내용을 사무실로 가져오면 된다네. 행운을 빌어, 커닝스 기자님!"

행운을 빌다니, 말은 쉽다. 하지만 내가 만나야 할 사람은 전 대통령의 부인이었다. 그녀는 프랭클린 D. 루스벨트 대통령과 평생을 함께 해 온 분이자 여성 정치인으로서도 명성을 떨치는 분이었다. 반면에 나는 어디에 명함도 못 내미는 초보 기자였다.

나는 필요한 자료들을 찾기 위해 서둘러 도서관으로 향했다. 해야 할 질문들을 순서대로 정리한 다음 적어도 한 가지 질문 정도는 그녀가 그동안 수많은 인터뷰에서 받아왔던 질문들과는 전혀 다른 질문을 하기로 했다. 준비를 마치자 나는 기대에 부풀었고, 빨리 인터뷰를 하고 싶어 안달이 났다.

인터뷰는 우아한 인테리어가 돋보이는 거실에서 진행되었다. 내가 비서의 안내를 받아 거실에 들어갔을 때 나를 기다리고 있는 일흔다섯 나이의 노부인이 눈에 보였다. 나를 보자 그녀는 일어서서 악수를 청했다. 노부인 특유의 자상한 미소를 띠고 있었지만 그녀의 훤칠한 외모와 날카로운 눈빛은 이후로도 쉽게 잊히지 않았다. 나는 그녀 가까이에 앉아 맨 먼저 나 스스로 매우 특별하다고 생각하는 질문을 던졌다.

"여사님, 당신이 그동안 만나 본 사람들 가운데 가장 흥미로운 이는 어떤 분이였나요?"

이것은 정말 괜찮은 질문이었다고 생각했다. 게다가 나는 이미 어떤 답이 나올지 예상하고 있었다.

그녀의 대답이 남편 루스벨트 대통령이든, 처칠이나 헬렌 켈러이든 그녀가 선택한 인물을 화제 삼아 인터뷰를 진행해 갈 생각이었다.

루스벨트 여사가 웃으며 대답했다.

"데이비드 커닝스."

나는 내 두 귀를 믿을 수가 없었다. 나를 선택하다니 농담이겠지.

"오! 여사님, 무슨 의미이신지."

나는 겨우 말을 이었다.

"낯선 사람과 만난다는 것은 새로운 관계의 시작을 의미하죠. 그건 삶에서 가장 흥미로운 부분이에요. 나는 어렸을 때 수줍음이 아주 많았어요. 매번 사람들 앞에 서면 잔뜩 움츠러들곤

했죠. 그러다보니 내 자신을 자꾸 가두게 되더군요. 하루는 내 부모님이 이렇게 말씀하셨어요.

'사람은 새로운 친구를 사귈 줄 알아야 한단다. 네 삶에 용감하게 뛰어들어야 새로운 세상을 얻게 되는 거야.' 나는 그때부터 다른 사람이 내 세계로 들어오는 것을 허락하기 시작했어요. 또 내 스스로 새로운 세상을 향해 걸어 나갈 수 있도록 자신을 격려했죠. 마침내 새로운 친구를 사귀는 것이 얼마나 즐거운 일인지 깨닫게 됐지요."

루스벨트 여사와 함께 한 한 시간 가량의 인터뷰는 나에게 순식간에 끝난 일처럼 느껴졌다. 그녀가 처음부터 나를 편안하게 대해준 덕분에 나는 자유롭게 인터뷰를 진행할 수 있었고, 인터뷰 결과도 매우 만족스러웠다.

이 인터뷰 내용이 신문에 실린 후 나는 최고 뉴스 보도상을 받았다. 하지만 내게 있어 가장 중요한 수확은 루스벨트 여사가 가르쳐 준 인생철학이었다.

"새로운 친구를 사귀는 것을 두려워 말고, 삶에 용감하게 뛰어들어라."

이 말은 오늘날까지 나의 좌우명이 되어 왔다. 이 말은 루스벨트 여사의 인생을 바꾸어 놓았고, 나의 인생마저 변화시켰다.

우리는 기억해야 한다. 우리가 세상을 향한 마음의 문을 닫아 버린다면 세상도 우리를 향해 열어 놓았
던 아름다운 문을 닫아 버린다는 사실을.

+ 데이비드 커닝스 David Konings _미국의 신문기자.

10
Heart beating word

자신의 일에 책임을 느껴라

자기가 한 일에 책임질 수 없는 사람은
쓸모없는 사람이다.

로널드 레이건

열한 살 때의 일이다. 축구를 좋아한 나는, 아이들과 길거리에서 축구를 하다가 이웃집의 유리창을 깨고 말았다. 이웃 아주머니는 나에게 유리창 값으로 12달러 5센트를 배상하라고 했다. 당시 12달러 5센트는 암탉 125마리를 살 수 있는 큰돈이었다. 어린 나에게 그 당시 그런 어마어마한 돈이 있을 리가 없었다. 나는 고민하다가 할 수 없이 아버지에게 잘못을 빌었다. 그리고는 배상금 이야기를 했다. 그러자 아버지는 나를 꾸

짖는 대신에 자신의 잘못에 대해 책임을 지도록 했다.

"자기가 한 일에 책임질 수 없는 사람은 쓸모없는 사람이 된다."

나는 아버지의 말을 이해하지 못해서 곤란한 표정으로 대답했다.

"하지만 저에게는 그렇게 큰돈이 없는 걸요."

그러자 아버지는 12달러 5센트를 주머니에서 꺼내주며 다시 말했다.

"이 돈은 너에게 빌려주는 것이다. 그러니 1년 후에는 반드시 갚아야 한다."

이날부터 나는 어린 나이에 고된 아르바이트를 시작했고, 반년 만에 열한 살 어린 나이에게는 천문학적이었던 12달러 5센트를 모아 아버지에게 돌려드릴 수 있었다.

나는 그때부터 아버지의 말씀을 나의 좌우명으로 삼았다. 그리고 내가 한 일에 대해서 어떤 일이든지 책임감을 느꼈으며, 그 책임을 다하려고 노력했다. 무슨 일이 있을 때마다 어린 시절에 들었던 아버지의 말씀을 생각하며 맡은 일에 대해 책임을 다하려고 노력했다.

그때 아버지의 말씀 한마디가 내 인생에 큰 영향을 주었다. 노동을 통해서라도 나의 잘못을 책임지게 하신 아버지 덕분에 나는 '책임'이 무엇인지 깨닫게 되었다.

성공이란 소중한 것을 미루지 않고 먼저 하는 것이다.
지금 죽어도 여한이 없다고 자신 있게 대답할 수 있다면 당신은 지금 잘 살고 있는 것이다.

+ 로널드 레이건 Ronald W. Reagan, 1911-2004
미국 제40대 대통령, 캘리포니아 주지사.

부모로서 정말로 중요한 것

우리는 꽃을 기르는 사람이 아니라
아이를 기르는 부모라는 거 기억해요.

잭 캔필드

내 이웃에 사는 데이비드에게는 다섯 살과 일곱 살 나이의 두 아이가 있었다. 어느 날 데이비드는 일곱 살짜리 큰 아이에게 잔디 깎는 기계 사용법을 가르치고 있었다. 그가 아이에게 잔디밭에서 어떻게 기계의 움직임을 조절해야 하는지 알려주려 할 때 그의 아내가 그를 불렀다. 아내와 이야기를 나눈 데이비드가 막 돌아섰을 때 아이는 잔디 깎는 기계에 이끌려 꽃밭으로 가고 있었다. 대략 1미터 너비의 꽃밭이 순식간에 황무지처럼 변했다.

이 광경을 본 데이비드는 참을 수 없었다. 자신이 많은 시간을 투자해 가꾸고, 이웃들의 부러움을 샀던 꽃밭이 망가지다니. 그는 아이에게 소리를 지르기 시작했다. 이때 아내가 다가와 그의 어깨에 손을 얹으며 말했다.

"데이비드, 우리는 꽃을 기르는 사람이 아니라 아이를 기르는 부모라는 거 기억해야 해요."

데이비드의 아내가 한 말은 옆에서 듣고 있던 나에게도 매우 큰 인상을 남겼다. 부모가 된 이들은 정말로 중요한 것이 무엇인지 반드시 알아야 한다.

아이의 자존심은 세상의 어떤 물건들보다 더 중요하다. 야구를 하다가 깨뜨린 창문 유리, 덤벙대다가 부숴버린 전등, 주방에 떨어뜨린 접시와 같은 것들은 모두 이미 부서졌다. 꽃밭 역시 이미 망가진 것이 아닌가. 하지만 아이의 영혼을 다치게 해서는 안 된다는 것을 나는 깨달았다. 환하게 웃던 아이에게 상처를 준다면 그보다 더 큰 손실은 없을 것이다.

몇 주 전에 나는 운동복을 사러 갔다가 가게 주인으로부터 부모가 되는 문제에 대해서 좋은 이야기를 듣게 되었다. 그는 아내와 일곱 살 난 딸과 함께 외식하러 갔다가 생긴 일을 이야기해주었다.

그의 딸이 물이 들어있는 컵을 엎었다. 하지만 이들 부부는 물을 깨끗이 닦아낸 후 딸을 꾸짖지 않았다. 그러자 딸아이가 그들을 향해 이렇게 말했다고 한다.

"엄마 아빠가 다른 부모님과 같지 않은 것에 대해서 제가 얼마나 감사하는지 아세요? 내 친구들의 부모님은 대부분 큰소리로 조심하라고 꾸짖으세요. 엄마 아빠가 그렇게 하지 않으셔서 정말 좋아요."

한번은 친구와 함께 저녁을 먹으러 갔는데 운동복 가게 주인의 이야기와 비슷한 상황이 발생했다. 다섯 살 정도 되어 보이는 꼬마가 테이블에 우유를 쏟았다. 아이의 부모가 아이를 혼내려 하자 나는 얼른 내 앞에 있던 컵을 엎었다. 마흔여덟 살의 어른도 저지를 수 있는 실수임을 보여주자 꼬마는 미소를 지었다. 그 부모도 나의 뜻을 알아차리고 더 이상 화내지 않았다. 인생은 배움의 연속임을 우리는 쉽게 잊어버리곤 한다.

최근에 나는 스티븐 그레이에 관한 이야기를 들었다. 그는 일찍이 중요한 의학적 성과를 거둔 바 있는 과학자이다.

한 신문기자가 그와의 인터뷰에서 어떻게 일반인보다 훨씬 창조적일 수 있는지 그 이유를 물었다. 그는 창조력을 비롯한 모든 것이 어렸을 적 어머니가 그에게 하게 해주신 경험과 관련이 있다고 대답했다. 그러면서 그가 어렸을 때 겪었던 이야기를 해주었다.

그가 혼자서 냉장고 안의 우유병을 꺼내려고 한 적이 있었는데 그만 병을 놓쳐 바닥에 떨어뜨리는 바람에 주방이 온통 우유 바다가 되고 말았다. 그의 어머니는 주방에 와서 그 광경을 보고 그를 야단치거나 혼내지 않고 이렇게 말했다.

"오! 네가 만들어 놓은 작품 정말 훌륭하구나. 나는 이렇게 큰 우유 바다를 본 적이 없단다. 어차피 이렇게 됐으니 치우기 전에 우유 바다 속에서 한번 놀아보는 게 어떻겠니?"

그는 어머니의 말씀대로 우유 바다 속에서 즐겁게 놀았다. 몇 분 후 어머니가 말했다.

"오늘처럼 실수를 하게 됐을 때에는 그것들을 깨끗하게 정리하고 물건들은 원래 자리에 가져다 놓으면 된단다. 지금 그렇게 해보겠니? 스펀지와 밀걸레를 사용하면 더 잘할 수 있겠다. 어떤 게 좋을까?"

그는 스펀지를 선택했고, 어머니와 함께 바닥에 쏟은 우유를 치웠다. 그의 어머니가 다시 말했다.

"우리가 어떻게 하면 작은 손으로도 큰 우유병을 잡을 수 있을까? 이미 실패한 실험이지만 뒤뜰에 가서 다시 해보지 않을래? 병에 물을 가득 채우고 네가 그것을 잡을 수 있는지 보자꾸나."

그의 어머니는 실수 또한 배움의 한 과정으로 생각하고 아이를 가르친 것이다. 어린 소년은 두 손으로 병의 입구 가까운 곳을 잡으면 된다는 것을 터득했다. 정말 훌륭한 수업이었다.

스티븐 그레이는 그날 실수를 두려워할 필요가 없다는 것을 알게 되었다고 한다. 실수는 새로운 것을 배울 수 있는 기회라는 것과 과학 실험도 그와 마찬가지라는 것을 깨달았다. 실험은 실패하더라도 우리는 그 과정에서 가치 있는 것을 배우게 된다. 만일 모든 부모가 스티븐 그레이의 어머니와 같다면 얼마나 좋을까?

몇 년 전, 폴 루이가 라디오에서 실수를 인간관계에 활용할 수 있는 이야기를 한 적이 있다.

한 젊은 여성이 차를 몰고 집으로 가던 길에 접촉사고가 났다. 그녀의 차는 공장에서 나온 지 얼마 안 된 새 차였는데, 그녀는 남편에게 이 사실을 어떻게 알려야 할지 난감했다. 다른 차량의 운전자가 서로의 운전면허증을 확인하고 차번호를 기록하자고 말했다. 이 여성이 차 안에 있던 큰 갈색 봉투에서 서

류를 꺼내자 봉투 안에서 메모 한 장이 떨어졌다. 거기엔 다음과 같이 적혀 있었다.

"만일 사고가 났다면⋯⋯, 여보! 내가 사랑하는 것은 당신이지 차가 아니라오."

아내와 가정은 에너지를 불어넣는 충전기와 같다.
아내와 사이가 안 좋거나 오래 떨어져 있는 사람들이 활기차게 지내는 것은 쉽지 않다.

✦ 잭 캔필드 Jack Canfield, 1944-
미국의 심리학자, 아동교육 전공.

12
Heart beating word

고통 끝에 낙이 있다

|

아름다운 나비들도 모두 고통의 시간을 보낸단다.
초라한 고치를 온몸으로 뚫고 나와야
아름다운 미래를 갖게 되는 거야.

장 크레디앵

1993년 10월, 총리선거 때의 일이다. 나는 나의 신체적 장애에 대해서 상대편 후보로부터 무참한 공격을 받았다. 상대편 후보는 텔레비전 광고를 이용해 나의 안면근육 경색을 과장하여 공격했다.

"당신은 이러한 사람이 총리가 되기를 원합니까?"

그러나 이는 오히려 대다수 유권자들의 반감을 살 수 있다는 것을 예상하지 못한 경솔한 행동이었다. 그의 경솔한 행동으로 인해서 나는 압도적으로 총리선거에서 승리했다.

나는 태어날 때부터 장애를 가지고 있었다. 나의 외모는 보기 흉했고, 왼쪽 얼굴은 마비되어 말을 할 때에도 더듬을 수밖에 없었다. 게다가 한쪽 귀의 청력에도 장애가 있었다. 그럼에도 불구하고 나는 어려서부터 장애 때문에 낙담하거나 어느 누구도 원망하지 않았다. 불행한 장애인으로 태어났음에도 누구를 원망하지 않은 것은 오로지 나의 어머니 때문이다. 나의 어머니는 다음과 같은 말로 나를 늘 격려해 주었다.

"아름다운 나비들은 모두 고통의 시간을 보낸단다. 초라한 고치를 뚫고 나와야 아름다운 미래를 갖게 되는 거야."

나는 입 안에 작은 돌멩이를 넣고 말하는 연습을 했다. 오랜 시간이 걸렸지만 나는 마침내 유창하게 말할 수 있게 되었고, 열심히 노력한 끝에 우수한 성적으로 학업을 마쳤다.

나의 선거 구호는 다음과 같았다.

"저는 국가와 국민을 이끄는 아름다운 나비가 되겠습니다."

이 구호는 어머니께서 항상 나에게 들려주시던 말씀에서 따온 것이다. 나는 재임 기간 동안 열심히 일하여 국민들의 폭넓은 지지와 존경을 얻었고, 그 결과 1997년 선거에서도 승리하여 캐나다 역사상 첫 번째 연임 총리가 되었다.

어떤 힘든 일이 있을 때마다 어머니께서 하신 말씀 '초라한 고치를 뚫고 나오면 아름다운 미래를 얻게 된다.'는 말을 명심하고 고통을 내일의 기쁨을 위한 하나의 과정으로 받아들였다. 그런 자세로 인해서 많은 장애를 무릅쓰고 국민으로부터 신임을 얻어 오늘에 이르게 된 것이라고 생각한다.

자신감은 부정적 화살의 공격에서
당신을 보호해주는 방패다.
자신감이 없는 자리에는
두려움과 불안이 똬리를 튼다.

+ 장 크레디엥 Jean Chretien, 1934~
캐나다 전 총리.

너 자신만이 너의 거울이 된다

다른 어떤 사람도 너의 거울이 되어줄 수 없단다.
오직 너 자신만이 너의 거울이 될 수 있지.

알버트 아인슈타인

나는 어렸을 때 노는 것에만 열중하는 개구쟁이였다. 나의 어머니는 이런 아들 때문에 걱정이 많았는데, 어머니의 걱정이나 잔소리는 나에게 아무런 힘을 발휘하지 못했다. 내가 열여섯 살이 되던 해 가을, 아버지는 한가로이 강가로 낚시를 가려던 아들을 붙잡고 이야기를 들려주었는데 그 이야기가 나의 인생을 완전히 바꿔놓고 말았다.

"어제 나는 이웃집 잭 아저씨와 아랫동네 공장의 굴뚝을 청소

하러 갔었단다. 그 굴뚝은 안쪽에 있는 철근 발판을 밟고서야 겨우 올라갈 수 있었지. 잭 아저씨가 먼저 올라갔고, 내가 그 뒤를 따랐는데 난간을 붙잡고 조심조심 오르다 보니 굴뚝 끝까지 올라가게 되더구나. 내려올 때도 잭 아저씨가 앞서고 나는 그 뒤를 따랐단다. 굴뚝에서 나오고 보니 잭 아저씨의 얼굴과 옷은 온통 검정이 묻어 있는데 이상하게도 나는 깨끗하지 뭐니."

아버지는 미소 띤 얼굴로 이야기를 이어나갔다.

"나는 잭 아저씨의 모습을 보고 나도 분명 똑같이 지저분한 모습일 것이라고 생각했단다. 그래서 근처 시냇가로 가서 구석구석 깨끗하게 씻었지. 그런데 잭 아저씨는 검정 하나 묻지 않은 내 모습을 보고 자신도 똑같이 깨끗할 것이라고 생각을 했던 모양이야. 그래서 대충 손만 씻고 의기양양하게 시내에 나갔다는구나. 거리에 있던 사람들이 그 모습을 보고 모두 배를 잡고 웃었다더라. 잭 아저씨가 미쳤다고 생각하던 사람도 있었단다."

아버지가 이야기를 마치자 나는 참았던 웃음을 터뜨렸다. 함께 웃던 아버지가 웃음을 거두고 엄숙한 표정으로 말했다.

"다른 어떤 사람도 너의 거울이 되어 줄 수 없단다. 오직 너 자신만이 너의 거울이 될 수 있지."

나는 이날 이후 놀기만 하는 개구쟁이 생활을 청산했다. 나는 시시각각 나 자신을 거울 삼아 내 생활을 살펴보고 반성했고 마침내 밝게 빛나는 낙천적이고 긍정적인 사람이 되었다.

내가 미국으로 이주한 지 얼마 되지 않았을 때 뉴욕의 거리에서 우연히 친구와 마주쳤다.

"아인슈타인! 자네 새 외투를 하나 사 입어야겠네. 이곳은 뉴욕이야. 이렇게 낡은 옷은 좀 부끄럽지 않나?"

"그게 무슨 상관인가. 어차피 뉴욕에서 날 알아볼 사람은 없는걸."

나는 개의치 않는 듯 말했다.

몇 년 후, 이들은 같은 장소에서 또 친구와 마주쳤다. 당시 나는 이미 만천하에 이름을 떨치고 있었으나 여전히 그 낡은 외투를 입은 채였다. 나의 친구는 또 한번 새 외투를 사 입을 것을 권했다.

"그럴 필요 뭐 있나? 어차피 여기 있는 모든 사람들이 내가 누군 줄 아는 걸."

나는 시큰둥한 표정으로 말했다.

내가 상대성이론을 발표하자 과학계에서는 의견이 분분했다. 1930년, 독일에서 상대성이론을 비판하는 책이 출판되었는데, 백 명의 교수가 아인슈타인이 틀렸음을 증명하는 내용이었다. 이 소식을 들은 나는 크게 웃으며 이렇게 말했다.

"백 명이라니. 그렇게 많은 사람이 필요하단 말인가? 내가 정말 틀렸다면 한 명이 증명해도 충분하지 않은가?"

나의 행동이나 이론에 대해서 이토록 초연할 수 있었던 것은 열여섯 살 때 아버지가 가르쳐 주신 '오직 너 자신만이 너의 거울이 될 수 있지.'라는 말씀을 마음에 새기고 있었기 때문이다.

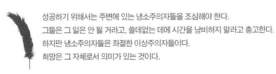

성공하기 위해서는 주변에 있는 냉소주의자들을 조심해야 한다.
그들은 그 일은 안 될 거라고, 쓸데없는 데에 시간을 낭비하지 말라고 충고한다.
하지만 냉소주의자들은 좌절한 이상주의자들이다.
희망은 그 자체로서 의미가 있는 것이다.

+ 알버트 아인슈타인 Albert Einstein. 1879-1955
세계적인 물리학자.

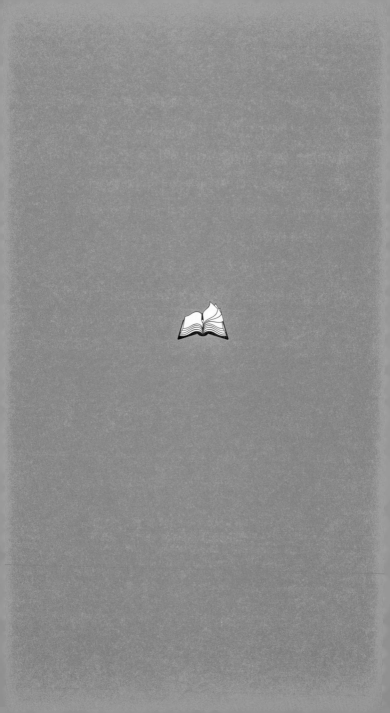

시련과
고난을
극복하는 길

실패하는 이유는 단 한 가지이다.
그것은 노력하기를 포기했기 때문이다.

Heart beating word

너에게 꿈이 있고
그것을 위해 노력하기만 한다면
꿈은 반드시 이루어질 것이다.

01
Heart beating word

기회는 부근에 있다

한 사람이 가질 수 있는 부는 그 사람 주변
25미터 이내에 있다. 하지만 사람들은
먼 곳만 바라보느라 자기 주변에 있는 기회를
보지 못하는 경우가 대부분이다.

샘 월튼

나는 전 세계에 걸쳐 월마트를 세운 후 수십 년에 걸친 노력으로 세계 최대의 쇼핑 왕국을 만들어냈다. 나는 세계 최고의 부자로 지금까지 미국의 부자 명단에서 이름이 빠진 적은 없었다. 한번은 〈포춘〉의 한 기자가 나에게 인터뷰를 청해왔다.

"회장님의 성공비결을 듣고 싶습니다. 제가 내일 회장님의 사무실로 찾아뵈면 되겠습니까?"

나는 흔쾌히 승낙했다.

다음 날 기자는 아침 일찍 나의 사무실을 찾았다. 약속 시간이 30분이 넘도록 내가 나타나지 않자 사무실 앞을 지나던 비서가 기자를 보고 물었다.

"왜 여기에서 기다리세요? 제가 회장님을 한번 찾아보죠."

잠시 후 비서가 돌아와 기자에게 말했다.

"찾았습니다. 회장님은 여기서 20미터 정도 떨어진 매장에 계십니다."

즉시 사무실을 나와 나를 찾아 나선 기자는 고객을 위해 물건들을 담아 트럭에 싣고 있는 나의 모습을 발견하고는 내게 물었다.

"사무실에서 기다리고 있겠다고 약속하지 않으셨습니까? 회장님."

나는 대답했다.

"맞습니다. 나는 당신이 오기를 기다리고 있었습니다."

기자가 다시 물었다.

"그런데 왜 여기 계시는……."

나는 태연하게 대답했다.

"내 사무실은 거리에 있습니다. 고객이 나를 필요로 하는 곳이 내 일터이자 사무실이지요."

나는 하던 일을 계속하면서 기자의 인터뷰에 응했다. 나는 기자에게 내 삶의 철학을 말해주었다.

'한 사람이 가질 수 있는 부는 그 사람 주변 25미터 이내에 있다. 하지만 사람들은 먼 곳만을 바라보느라 자기 주변에 있는 기회를 보지 못하는 경우가 대부분이다.'

월튼 가문은 소매업으로 살아간다. 주로 잡다한 일용품들을 취급하지만 세계 최고의 부자이다. 큰 기업을 운영하는 사람만이 많은 돈을 가질 수 있는 것은 아니다. 매장 안의 손님들이 줄을 서서 돈을 지불하는 것을 보고 기자가 나에게 말했다.

"장사가 잘 되는군요. 정말 성공하셨네요."

그러나 나는 이렇게 말했다.

"정말 성공했다면 손님들이 줄을 설 필요가 없지요. 이건 개선이 필요하다는 걸 보여주는 것입니다. 성공하려면 많이 배워야 할 뿐 아니라 계속해서 새로운 지식을 습득해야 합니다."

인터뷰를 마친 나는 기자를 배웅하러 나왔다가 마침 근처의 한 회사가 문을 닫는다는 팻말을 내건 것을 보게 되었다. 나는 즉시 회사에 전화를 걸어 직원회의를 소집하라고 지시했다. 그리고 나는 기자에게 이런 말을 남겼다.

"직원들에게 실패의 길을 배워보게 할 참입니다. 장사가 이렇게 잘 되는 곳에서 문을 닫는 것은 분명 이유가 있을 테지요.
그것은 우리에게 적지 않은 교훈과 경험을 가르쳐 줄 것입니
다."

+ 샘 월튼 Samuel Moore Walton, 1918~1992
월마트 창립자.

돈의 노예가 되지 말라

돈의 노예가 되지 말자!
그 대신 돈을 노예로 만들어라.

록펠러

내가 열 살이 되던 해에 아버지는 외할아버지가 진 큰 빚을 떠
안게 되었다. 게다가 아버지의 잘못으로 고소를 당하여 도망
가다시피 마을을 떠났다. 그리하여 우리 가족의 생활이 점점
어려워졌다.

아버지의 수입은 일정하지 않게 되었고, 아버지가 집을 비우
는 기간은 점점 길어져 갔다. 나는 점차 말수가 적어졌고, 허
공을 바라보며 생각에 잠기는 일이 많았다.

그러나 공부하는 것은 좋아했다. 그래서 학교 갈때는 소중한 보물이라도 되듯이 석판을 가슴에 꼭 안고 다녔다. 나는 특히 과학 수업과 암기 수업을 좋아했다. 수업시간에 친구들보다 몇 배나 바른 암산 실력을 보여 주위를 놀라게 하기도 했다.

그러나 학교에 가는 것이 마냥 즐거운 것만은 아니었다. 초라한 옷을 입고 가는 것이 부끄러웠기 때문이다. 그래서 전체 학급 사진을 찍을 때도 몰래 숨어서 사진을 찍지 않았다.

하루는 초라한 거울을 통해서 옷을 입은 내 모습을 보면서 나도 언젠가는 좋은 옷을 사입을 만큼 돈이 많이 생길 거라고, 지금 돈이 없다고 해서 영원히 가난하게 살게 되는 것은 아니라고 생각했다.

그 다음 날 아침에 헐고 낡은 옷을 정성스럽게 손질해주면서 어머니가 나에게 말했다.

"돈의 노예가 되지 말아라. 대신에 돈을 노예로 만들어라."

그러나 너무 가난하게 살았기에 어머니 말을 잊고 오로지 돈 모으는 데만 집중하며 살았다. 그렇게 살다가 어느 정도 부자가 된 50대에 그만 온갖 성인병에 걸리고 말았다.

병상에 누워서 그때서야 어머님이 하신 말씀이 생각났다. 그래서 나는 그때부터 재산의 노예가 되지 않기 위해 재산을 사회에 환원하고 좋은 일에 돈을 쓰려고 노력했다.

+ 록펠러 John D. Rockefeller, 1839-1937
록펠러 재단 이사장.

반드시 밀물 때는 온다

반드시
밀물 때는 온다.

데일 카네기

나는 젊었을 때 세일즈맨으로 생계를 유지했다. 세일즈맨 초기 시절 세일즈가 이렇게 힘든 줄 미처 몰랐다. 방문하는 집마다 거절당했으며, 심지어 문조차 열어주지 않은 곳이 대부분이었다. 그러다 보니 실적은 형편없었고 매달 지점장에게 실적에 대해 야단을 맞았다. 나도 세일즈맨이 맞지 않는다는 생각에 여러 번 사표를 내고 지겨운 직장을 떠나려고 생각했으나 그때마다 집에서 나 하나만 바라보고 있는 가족들 생각이 나서 사직서를 찢어버리곤 했다.

그렇게 절망에 빠지자 세상 사람들이 모두 나를 버린 느낌마저 들었다. 그렇지 않으면 이렇게도 일이 꼬일 리가 없기 때문이다. 그리하여 이제는 사람들을 만나는 것조차 두려웠다. 직장에도 나가지 않고 하는 일 없이 지내던 어느 날이었다.

그날도 고객을 방문하는 것조차 포기하고 절망 속에서 아무런 생각 없이 거리를 걷고 있었다. 무심코 고개를 돌리자 가게 안벽에 걸려 있는 그림이 눈에 들어왔다. 그 그림은 모래사장 위에 걸쳐 있는 나룻배였다. '나룻배라면 응당 강이나 바다 위에 떠 있어야 할 텐데 모래 사장 위에 떠 있다니……'

이상한 생각이 들어 나는 그 그림을 자세히 들여다보았다. 모래사장 위에 덩그러니 떠 있는 그 나룻배는 절망을 나타내고 있었다.

나는 감전된 사람처럼 꼼짝하지 않고 그림을 봤다. 그 그림 밑에는 작은 글씨로 "반드시 밀물 때가 온다."라고 쓰여 있었다. 그 그림과 그림 밑에 있는 글을 보면서 나는 큰 용기를 얻게 되었다.

"그래. 지금 내 주위는 모든 것이 썰물처럼 빠져 나간 저 모래사장과 같지만 참고 견디면 희망의 밀물이 나에게도 다가 올 것이다."

그 그림을 보고 새로운 용기를 얻은 나는 그때부터 열심히 살았다. 중단했던 세일즈도 다시 시작했으며 예전처럼 절망을 느낄 때마다 그 그림 밑에 적혀 있던 글을 생각했다.

"반드시 밀물 때는 온다."

가슴속에 세기면서 고난을 이겨내곤 했다.

✛ 데일 카네기 Dale Carnegie, 1888~1955
교육자이자 연설가.

남을 의식하지 말라

|

다만 내 스스로가 남의 시선을 대신하여
네 시선으로 너를 바라보았을 뿐이다.

핫산

나는 막대한 부와 권력을 가진 부모님의 장남으로 태어나서 부러울 것이 없었다. 그러나 나이가 들면서 이런 부와 권세는 일시적인 것에 지나지 않으며 아무런 가치가 없다는 것을 깨달았다. 그리하여 나는 20세 되던해에 부모님의 간곡한 만류를 뿌리치고 현자를 찾아 집을 떠났다.

나는 현자를 만나는 순간 그의 숭고한 인격과 설파하는 도리에 반하여 그의 제자가 되기를 간청했다. 그러고는 최선을 다해 제자로서의 도리를 지키려고 노력했다. 그런데 스승님은 아직도 내가 속세에서 생활할 때의 오만함을 버리지 못했다고 생각했는지 진심으로 제자로 대하지 않는 것 같았다.

그러던 어느 날이었다. 스승이 나를 불러 심부름을 시켰다.

"핫산아, 시장에 가서 양의 내장 40kg을 사서 등에 메고 오너라."

"네."

나는 즉시 마을 시장으로 달려갔다. 시장은 마을 끝에 있어서 시장을 가기 위해서는 마을의 중심 통로를 지나야만 했다.

나는 양의 내장 40kg를 사서 스승님의 지시대로 등에 메었다. 그러자 내장에서 흘러나오는 피가 순식간에 옷을 다 적시었다. 순식간에 머리에서 발끝까지 얼룩졌다. 이런 꼴을 하고서 마을 한복판을 통해 가야 하다니 이만저만 걱정이 아니었다. 그러나 스승님의 지시이므로 거절할 수가 없었다.

마을 사람들은 아직도 내가 굉장한 부자집의 맏아들이라고 알고 있는데, 그런 비참한 모습을 하고 마을을 지나가야 한다니 한편으로는 모욕감을 느꼈다. 속으로 수도고 뭐고 때려치우고 싶었으나 이제 시작한 마당에 그만둔다는 것은 정말로 부끄러운 일이라 이왕 시작했으니 끝을 보고 말겠다는 생각으로 꾹 참고 스승님에게 내장을 갖다 바쳤다.

스승은 내장을 주방에 가져다주면서 주방장에게 고기를 끓이라고 했고, 주방장은 그만한 양의 고기를 끓일 수 있는 큰 냄비가 없다고 하자 스승이 다시 나를 불렀다.

"핫산아, 지금 당장 정육점에 가서 큰 냄비를 빌려오너라."

나는 아직 씻지도 못하고 옷을 갈아입지도 않은 상태인데 이 모양으로 또다시 마을에 가야 한다니. 사람들을 마주칠 때마다 창피한 생각이 들었다. 몇 번씩이나 그만 때려치우고 고향으로 가고 싶었지만 이곳에서 그만두면 아무것도 얻은 것이 없을 것 같아 냄비를 빌려 스승에게 갖다드렸다.

그러자 스승은 나를 다시 불렀다.

"핫산아, 지금 바로 마을로 가서 양의 내장을 짊어지고 간 사람을 본 사람이 있는가? 있으면 몇 사람이나 되는지 알아보고 오너라."

스승의 말씀대로 마을로 내려가서 지나가는 사람들을 붙잡고 물었다. 그런데 그런 사람을 보았다고 말하는 사람은 한 사람도 없었다.

그리고 이번에는 정육점 방향으로 가서 냄비를 메고 오는 사람을 본 사람이 있는지 물어보고 오라고 하셨다.

나는 다시 정육점 방향으로 가서 지나가는 사람들을 붙잡고 물었다. 그러나 보았다고 말하는 사람은 한 사람도 없었다. 그래서 나는 스승님께 사실대로 말하자 스승님은 나를 지긋한 눈으로 바라보면서 이렇게 말했다.

"이제 알겠느냐? 네가 양의 내장을 메고 가는 모습을 본 사람이나 기억하는 사람은 한 사람도 없다. 또 정육점에서 냄비를 메고 오는 모습을 보거나 기억하는 사람이 한 사람도 없었다. 너는 네 그런 모습을 보고 사람들이 비웃을 거라고 생각했으나 사실 아무도 네 모습을 염두에 두거나 관심을 가진 사람은 한 사람도 없었다. 다만 네 스스로가 남의 눈을 의식해서 네 시선으로 너를 바라보았을 뿐이다. 앞으로 다른 사람을 의식하며 살지 말고 네 자신을 의식하고 살아라."

나는 스승님의 말씀에 큰 깨달음을 얻었다. 그때부터 남을 의식하지 않고 오로지 나 자신만을 의식하며 수도에 정진하게 되었다.

+ 햣산
인도 수도승.

좀 더 인내하고
포기하지 말라

당신이 파놓은 곳에서
불과 3피트를 더 판 결과로 행운을 얻었다.

달비

나는 미국 전체가 온통 골드러시로 술렁이고 있을 때 일확천
금의 꿈을 안고 애리조나주의 톰스톤에서 이 산과 저 산을 뒤
지며 금맥이 있을 법한 곳을 찾아 일시에 인생역전을 시키겠
다는 일념으로 삼촌과 함께 서부의 금광을 찾아 나섰다.

나는 부모님을 설득해서 고향에 있는 조그마한 농토를 팔아
서 밑천으로 삼은 다음 금광이 있을 것이라고 판단되는 산을
파기 시작했다. 그리고 몇 주일 뒤 약 200m를 파 들어가자 금

맥을 발견했다.

나는 금맥을 남이 보지 못하도록 흙으로 덮은 다음 고향으로 돌아와 자랑 삼아 그 이야기를 했고 많은 사람들이 앞다퉈 나에게 투자를 하겠다고 몰려들었다.

그 돈으로 채굴기를 사가지고 금광으로 돌아와 채굴하기 시작하자 금이 쏟아져 나왔다. 이제 부자가 되는 것은 시간 문제였다.

그런데 며칠이 지나자 문제가 생겼다. 금맥이 뚝 끊어지고 흙더미가 쏟아져 나오는 것이 아닌가!

나는 낙담하여 다시 파고 또 파보았지만 더 이상 금이 나오지 않았다. 행운의 여신이 나를 배반한 것이다. 그동안 파놓은 금을 팔아서 금광에 쏟아 부어야만 했다. 그러자 광부들의 임금마저 주지 못하게 되었고 광부들은 하나둘씩 떠나 금광은 완전히 폐광이 되었다.

나는 결국 단념해야 했다. 광산을 포기하고 채굴기를 고철상에 팔아 치웠다. 그리고 톰스톤을 떠나 다시 고향으로 돌아왔다.

그런데 얼마 후에 내가 떠난 그 광산에서 금이 다시 쏟아져 나온다는 얘기가 들렸다. 그 소식을 듣고 다시 그 광산으로 가보니 소문 그대로 금이 쏟아져 나오고 있었다. 나는 의아한 생각이 들어 광산 주인에게 물었다. 광산 주인은 다름 아닌 나에게 채굴기를 사간 고철상 주인이었다. 그 고철상 주인은 나로부터 채굴기를 사자 그렇게 쏟아져 나오던 금맥이 끊어진 것이 궁금해 광산 기사를 불러서 산의 특성과 지층을 조사하여 금맥의 단층을 찾아낸 것이었다. 그 고철상 주인은 그간의 자초지종을 설명하면서 나에게 이렇게 말하는 것이 아닌가.

"당신이 파놓은 곳에서 불과 3피트 더 파내려가니 이런 행운이 찾아왔습니다."

나는 땅을 치면서 후회했지만 소용이 없었다.

그때부터 나는 삶의 정신 자세를 바꾸게 되었다. 고향을 떠나 시카고의 보험회사에 취직한 나는 고객을 만나 거절을 당할 때마다 '불과 3피트만 더 팠으면 부자가 되었을 텐데'하는 생각을 하면서 그때 좀 더 참지 못하고 포기한 기억을 되살리면서 좀 더 인내하자고 마음먹고 한 번 더 설득하고 또 거절하면 두 번 더 설득하는 인내심을 발휘하여 마침내 미국의 최고 보험 세일즈맨이 되었다.

+ 달비
미국 최고의 보험 세일즈맨.

간절한 꿈이 있으면
이루어진다

|

너에게 꿈이 있고, 그것을 위해 노력하기만 한다면
꿈은 반드시 이루어질 것이다.

로버트 슐러

1968년 봄, 나는 캘리포니아 주에 유리로 만든 크리스털 교회를 짓겠다는 뜻을 세웠다. 나는 한 유명한 건축가에게 설계를 부탁한 뒤 그가 자금 계획을 묻자 이렇게 대답했다.

"지금은 돈이 없습니다. 그러니 100만 달러든 500만 달러든 나에게는 별로 다를 것이 없군요. 중요한 것은 내가 크리스털 교회를 짓겠다는 꿈을 가졌다는 사실입니다. 내가 중학교에 다닐 때 한 선생님께서 말씀하셨습니다. '너에게 꿈이 있고, 그

것을 위해 노력하기만 한다면 꿈은 반드시 이루어질 것이다.'
당신은 교회를 아름답게 지어 주기만 하면 됩니다. 내가 기부
금을 충분히 모아 올 테니까요."
교회를 짓는 데 필요한 최종 예산은 700만 달러였다. 이것은
당시로서는 천문학적인 액수였다.
그날 저녁 나는 종이 한 장을 꺼내어 '700만 달러'라고 적었다.
그리고 계속해서 10가지 계획을 적어나갔다.

1. 700만 달러 기부 1회 받기

2. 100만 달러 기부 7회 받기

3. 50만 달러 기부 14회 받기

4. 25만 달러 기부 28회 받기

5. 10만 달러 기부 70회 받기

6. 7만 달러 기부 100회 받기

7. 5만 달러 기부 140회 받기

8. 2만 5천 달러 기부 280회 받기

9. 1만 달러 700회 받기

10. 700달러 창문 10,000개 팔기

60일 후 나는 신비로우면서 아름다운 크리스털 교회의 모형만으로 재벌 존 커린을 감동시켜 100만 달러를 기부 받았다. 65일 째 나의 강연을 들은 농민 부부가 1,000달러를 기부했다. 90일이 되었을 때 나의 뜻에 감동받은 한 신사가 자신의 생일 기념으로 100만 달러짜리 수표를 기부했다. 8개월 후, 한 기부자가 나에게 말했다.

"당신의 믿음과 노력으로 600만 달러를 모을 수 있다면 나머지 100만 달러는 내가 드리겠소."

다음 해 나는 사람들에게 하나당 500달러의 가격으로 크리스털 교회의 창문을 구입할 것을 부탁했다. 그러자 매월 50달러씩 10개월에 나누어 지불하는 조건으로 6개월 동안 만여 개의 창문이 모두 팔렸다.

1980년 9월, 만여 명을 수용할 수 있는 '워크 인 드라이브 인 교회'가 12년 만에 완성되었다. 세계 건축사상 기적으로 남은 이 교회는 세계 각지에서 캘리포니아를 찾아온 사람들이 반드시 보고 싶어 하는 교회 건물이 되었다. 크리스털 교회를 짓는 데 들어간 건축비용은 모두 2,000만 달러였다. 이 비용은 모두 내가 주위 사람들과 지인으로부터 조금씩 받은 돈으로 충당되었다.

+ 로버트 슐러 Robert H. Schujjer, 1926~ _철학박사, 목사.

강렬한 욕망을 가져라

미국에서는 한 사람에 대해 이야기할 때,
그의 계급이 무엇인지가 아니라
그에게 어떤 능력이 있는지를 묻는다.

마담 아네트

오래전 일자리를 찾아 뉴욕 거리를 헤매던 나는 한참을 돌아다닌 끝에 5번가의 한 양장점에서 허드렛일을 하는 잡부로 고용되었다. 나는 당시 열세 살 소녀였다.

나는 금빛 휘황찬란한 매장에 들어서면서 마치 다른 세상에 온 것 같은 착각에 빠졌다. 그곳에서 일을 하면서 나는 고급 승용차를 타고 온 부인들이 매장 안의 금테 두른 대형 거울 앞에서 아름다운 옷을 입어보이는 모습을 자주 볼 수 있었다. 그들은 양장점 주인과 마찬가지로 부유하면서 매우 우아하고 세련된 사람들이었다. 나는 생각했다.

"이렇게 사는 것이 여자가 살아야 할 삶이구나."

그때 강렬한 욕망이 나의 마음속에서 꿈틀댔다.

"나도 돈을 벌어서 그녀들처럼 살겠어."

이날부터 나는 재미있는 놀이를 시작했다. 매일 아침 일을 시작하기 전에 매장 안에 그 화려한 거울 앞에 서서 밝고 온화하면서도 자신감에 넘치는 미소를 연습했다. 가난했던 나는 초라한 옷을 입을 수밖에 없었지만 내 자신이 이미 아름다운 옷을 입은 부인이 된 것처럼 행동했다. 당당하면서도 깍듯하게 사람들을 대하자 손님들은 나를 좋아하게 되었다. 나는 비록 하찮은 잡부에 불과했지만 자신이 이미 사장이 되었다고 가장하고 더 적극적으로 열심히 일했다. 마치 그 양장점이 나 자신의 것인 양 정성을 다하자 나는 곧 사장의 신임을 얻게 되었다. 오래지 않아 많은 손님들이 사장에게 이런 말을 하기 시작했다.

"저 아이가 당신 가게에서 가장 똑똑하고 품성이 좋은 것 같아요."

사장도 이렇게 답했다.

"정말 뛰어난 아이랍니다."

얼마 후 사장은 나에게 양장점의 관리를 맡겼다. 세월이 흐르면서 나는 점차 의상 디자이너로서 이름을 얻었다. 그리하여 마침내 나는 바로 뉴욕 패션계의 유명한 디자이너가 된 것이다.

나는 사람들에게 이렇게 말한다.

"나는 프랭클린의 이 말을 믿습니다. '미국에서는 한 사람에 대해 이야기할 때, 그의 계급이 무엇인지가 아니라 그에게 어떤 능력이 있는지를 묻는다.' 출신이 한 사람의 운명을 결정하는 것이 아니라 능력이 한 사람의 위치를 결정하는 것입니다. 그리고 나는 이것을 내 인생의 좌우명으로 삼고 지금까지 살았습니다."

당신에게 욕망이 있는가?
있다면 그 욕망을 위해서 최선을 다하고 있는가?
열심히 할 자신이 없기 때문에 그 욕망을 아직도 가슴속에만 간직하고 있지는 않은가?

+ 마담 아네트 Anette
뉴욕 패션계의 최고 디자이너.

길이 막히면
다른 길을 찾아라

우리 삶도 마찬가지야.
내가 가던 길로 가고 싶은 곳까지 갈 수 없다면
다른 길을 찾아보면 된단다.

엘자 스키아파렐리

어느 날 아버지가 나를 교회의 종탑 꼭대기로 데려가셨다.

"엘자! 아래를 한번 내려다보렴."

아버지의 말씀에 따라 나는 최대한 용기를 내어 아래를 내려
다보았다. 마을 중심에 자리한 광장이 보였고, 그 주위로 좁고
구불구불한 길들이 엉켜 있었다. 하지만 엉켜 있는 그 길들은
모두 결국 광장으로 통하게 되어 있었다.

"잘 보거라. 우리 귀염둥이, 광장으로 통하는 길은 하나가 아

니란다. 우리 삶도 마찬가지야. 네가 가던 길로 가고 싶은 곳까지 갈 수 없다면 다른 길을 찾아보면 된단다."

나는 아버지가 왜 나를 이곳에 데려오셨는지 알 것 같았다. 며칠 전 나는 어머니에게 맛없는 학교 급식에 대해 불평을 하고, 어머니가 학교에 가서 개선을 요구해주길 부탁드렸다. 그러자 어머니는 내 부탁을 들어주지 않으셨다. 아마도 내 말을 믿지 않으시는 것 같았다.

나는 아버지께 구원을 요청했다. 그러자 아버지는 아무런 대꾸도 없이 나를 종탑으로 데려가신 것이었다. 아버지와 함께 집으로 돌아가는 길에 나는 좋은 아이디어가 떠올랐다.

나는 다음 날 학교에서 급식 때 나온 야채스프를 병에 담았다. 저녁 식사 때 그 스프를 어머니 몰래 내놓을 생각이었다. 내 계획은 매우 순조롭게 진행되었다. 아무 생각 없이 스프를 맛본 어머니가 소리쳤다.

"나에게 이런 걸 먹으라고 주다니. 요리사가 미쳤나 보군."

나는 곧장 어머니께 자초지종을 설명했고, 어머니는 다음 날 학교에 가서 맛없는 급식에 대한 문제를 해결해 주셨다.

그 사건 이후로 나는 무슨 일이 있을 때마다 자주 아버지의 가르침을 떠올리곤 한다. 살다 보면 어디로 가야 할지 막막해질 때가 있기 마련이다. 그러면 다른 길을 찾으면 된다.

내 꿈은 패션 디자이너가 되는 것이다. 그러나 쟁쟁한 고수들이 넘쳐나는 패션계에서 살아남기란 결코 쉬운 일이 아니었다.

'어떻게 해야 할까? 이 길은 통하지 않음을 인정하고 포기하든지, 어떻게든 다른 방도를 찾든지 둘 중 하나다.'

나는 직접 디자인한 작품들을 가지고 패션의 중심 '파리'로 갔다. 그러나 유명한 디자이너들 가운데 내 작품에 관심을 갖는 이는 아무도 없었다. 그러던 어느 날 우연히 한 친구를 만났다. 나는 그녀가 입은 스웨터에 눈이 갔다. 색상은 화려하지 않았지만 뜨개질 방법이 매우 특이했다.

"네가 만든 스웨터니?" 친구에게 물었다.

"아니, 이웃집 위니 아주머니 솜씨야."

"정말 신기한 뜨개질법이구나."

그러자 감탄하는 나에게 친구가 설명해주었다.

"이 아주머니도 소련 아르메니아에서 온 여인에게서 배우셨대."

그때 갑자기 새로운 계획들이 머릿속에 떠올랐다.

'내 디자인에 이 뜨개질법을 접목시키면 되겠구나. 나라고 내

이름으로 된 옷을 만들지 말란 법 있나?'

나는 굵은 줄무늬에 호랑나비를 넣은 디자인을 위니 아주머니께 드리고, 재킷을 하나 만들어 달라고 부탁드렸다. 완성된 디자인은 너무 예뻤다. 나는 그 재킷을 입고 유명한 디자이너들이 자주 가는 식당으로 갔다. 효과는 곧바로 나타났다. 꽤 큰 규모의 상점 사장이 그 자리에서 40벌을 주문했다. 흥분한 나는 2주 이내에 보내달라는 요청에도 별 생각 없이 계약을 맺었다.

다시 위니 아주머니를 찾아갔을 때, 나는 머리에 찬물을 뒤집어 쓴 기분이었다. 그녀가 말했다.

"네 재킷 하나 만드는 데만 일주일이 걸렸는데 2주 동안 40벌을 만들어 달라고? 농담이겠지."

바로 눈앞에 놓여 있던 성공이 막다른 골목으로 접어들고 마는 순간이었다. 힘없이 걷던 나는 갑자기 걸음을 멈췄다. 그리고 아버지께서 내게 해주셨던 말씀을 생각했다.

'네가 가던 길로 가고 싶은 곳까지 갈 수 없다면 다른 길을 찾아보렴.'

위니 아주머니의 뜨개질법이 특수한 기술이라고는 하지만 파리에 그 기술을 아는 아르메니아 여성들이 더 있을 수도 있는 일이었다.

나는 위니 아주머니께 돌아가 내 계획을 말씀드렸다. 아주머니는 좀 망설였지만 도와주기로 약속하셨다. 나와 위니 아주머니는 '탐정'이 되어 대도시 파리에서 아르메니아 여성들을 찾기 시작했다. 때로는 한 사람을 통해 여러 사람을 찾을 수 있었다. 마침내 우리는 아르메니아 여성 스무 명을 찾아냈다. 모두 특수한 아르메니아식 뜨개질법에 정통한 그녀들은 2주 안에 내 재킷들을 완성할 수 있었다. 내 이름을 건 첫 번째 상품들이 미국으로 떠났다.

이때부터 내가 디자인한 옷은 강물처럼 세상을 향해 멀리멀리 흘러나갔다. 나는 도전과 모험이 가득한 패션계에서 일하는 즐거움을 만끽할 수 있었다.

나는 내 첫 번째 패션쇼를 영원히 잊지 못할 것 같다. 그때 역시 아버지의 가르침이 나를 위기에서 벗어나도록 도와주었다. 당시 나는 동계 패션쇼를 계획하고 있었는데 패션쇼를 13일 남겨 두고 재봉사들이 모두 파업에 들어갔다. 나와 모델들은 모두 낙담할 수밖에 없었다.

"다 틀렸어."

누군가는 참을 수 없다는 듯 소리쳤다.

"탈출구는 어디에 있을까?"

나는 초조했다. 패션쇼를 취소하거나 아니면 미완성 작품을 그대로 내놓는 수밖에 없었다. 생각에 잠겨 있던 내게 순간 환한 빛줄기가 비춰오는 듯 했다.

"내가 왜 진작 그 생각을 못했을까? 패션쇼에 반드시 완성품만 내놓으라는 법은 어디에도 없다."

이 아이디어는 다른 몇 사람의 찬성을 얻었고, 나는 패션쇼를 위해 밤낮을 가리지 않고 작업에 몰두했다. 13일 후, 나의 첫 번째 패션쇼가 예정대로 진행되었다.

그것은 매우 색다른 패션쇼가 되었다. 어떤 옷은 소매가 없었고, 어떤 옷은 한쪽 소매만 있었다. 대부분의 옷들이 미완성품이거나 두터운 솜을 드러낸 견본품이었다. 우리는 그 옷들에 완성된 모습의 디자인과 사용할 옷감을 끼워 넣었다. 패션쇼를 보러 온 사람들이 마구 문을 열고 들어오는 순간 내 심장이 밖으로 튀어나올 듯 마구 뛰었다.

"사람들이 이 특이한 패션쇼를 받아들일까?"

그런데 결과는 정말 예상 밖이었다. 나의 미완성 작품들은 사람들의 주목을 받았고, 얼마 후 각지에서 주문서가 날아들었다. 아버지의 가르침이 또 한 번 성공의 문으로 이끌어주었다.

광장으로 통하는 길이 하나가 아니었듯 성공으로 통하는 길
또한 하나만 있는 것이 아니었다.

변화를 계획하지 않은 것은
실패를 계획하는 것과 같다.
먼저 자신이 나아갈 방향을 정하고
그에 따라 스스로
변화하고자 노력하지 않는다면
인생의 실패는 이미 계획된 것이나 다름없다.

+ 엘자 스키아파렐리 Elsa Schiaparelli, 1890-1973
세계적인 패션디자이너.

진심으로 노력하라

우리 삶도 마찬가지야.
내가 가던 길로 가고 싶은 곳까지 갈 수 없다면
다른 길을 찾아보면 된단다.

엘자 스키아파렐리

1972년 미국 아칸소 주 미시시피 강의 제방이 홍수로 무너졌다. 이 재해로 아홉 살 난 흑인 꼬마의 집도 물에 잠겼다. 홍수가 꼬마를 삼키려는 순간, 어머니는 온 힘을 다해 아이를 구했다. 이때 자신의 목숨이 위태로운데도 불구하고 혼신의 노력을 다한 어머니 덕분에 구사일생으로 살아난 아이가 바로 나존슨이다.

1932년 나는 초등학교를 졸업했다. 하지만 아칸소 주에 있는 중학교들은 흑인을 받지 않았기 때문에 나는 시카고에 있는 학교로 진학해야 했다. 집에는 그렇게 많은 비용을 댈 여력이 없었지만 어머니는 나를 학교에 보내기로 결심했다. 아들의 일 년 학비를 벌기 위해 어머니는 노동자 50명의 빨래와 다림질, 식사준비를 해야 했다.

1933년 여름, 돈이 모이자 어머니는 나를 공부시키기 위해 시카고행 기차에 올랐다. 시카고에서도 어머니는 허드렛일로 생계를 유지했다. 나는 우수한 성적으로 졸업하여 대학까지 순조롭게 마쳤다. 1942년 나는 잡지를 창간했다. 그러나 잠재된 정기 구독자들에게 잡지를 보낼 수 있는 우편비용 500달러가 부족했다. 신용대출회사에서 대출을 해주겠다고 했지만 담보가 필요하다는 조건이 있었다. 어머니는 오랫동안 저축하여 모은 돈으로 얼마 전에 새로운 가구를 샀는데 이는 어머니의 일생에 가장 소중한 물건들이다. 그러나 그녀는 새 가구를 담보로 하는 데 동의했다.

1943년 잡지 사업이 대성공을 거두자 나는 오랫동안 꿈꾸어왔던 일을 했다. 어머니의 이름을 나의 직원 급여리스트에 넣은 것이다. 어머니께는 퇴직한 직원이 되었으므로 다시는 일을 할 필요가 없다고 말씀드렸다. 그날 어머니와 나는 함께 울었다.

행복도 잠깐, 이후 이상하게도 나의 사업이 마치 깊은 수렁으로 빠져드는 듯했다. 여러 난관들에 부딪히게 되었고 나는 재기할 힘을 잃은 듯했다. 어느 날 나는 무거운 마음으로 어머니께 말했다.

"어머니, 아무래도 이번엔 정말 실패한 것 같아요."

"아들아!" 어머니가 말했다. "너 노력해 보았니?"

"해봤어요."

"정말로 혼신을 다해 노력했니?"

"네."

"좋다."

어머니는 단호한 말투로 대화를 마쳤다.

"무슨 일이든 네가 정말로 노력했다면 결코 실패하지 않을 것이다."

나는 어머니 말씀대로 최선을 다한 결과 난관을 헤치고 성공의 정상에 올랐다. 세계적으로 유명한 흑인 잡지 〈에보니〉의 발행인이 된 것이다.

어머니의 말씀이 나에게 준 영향도 매우 컸지만 그보다 더 중요한 것은 어머니가 직접 행동으로 보여준 것들이다. 평생 노

력하는 어머니의 모습은 나에게 좋은 인생 모델이 되었다. 운
명이 공격해오면 싸우면 된다는 것을 몸으로 보여 준 것이다.

성공에는 임계점이 필요하고, 임계점을 넘기 위해서는 엄청난 노력이 필요하다.
임계점을 넘어야 성공이 보인다.
하지만 대부분의 사람들은 그 임계점을 넘지 못한다.

+ 존 H. 존슨 John H. Jonson
〈에보니 EVONY〉 잡지 발행인.

끝까지 포기하지 말라

|

가난한 것은 능력이 없어서이며,
천한 것은 의지가 부족하기 때문이다.
세상에서 가장 쉬운 것이 포기이고,
가장 어려운 것이 끝까지 해보는 것이다.

후지타 덴

통계 자료에 따르면 현재 일본에는 1만 4,000여 개의 맥도날드 매장이 있다. 연간 매출액이 50억 달러에 이른다. 나는 1965년 일본 와세다 대학 경제학과를 졸업한 후 한 전자제품 회사에서 일했다. 1971년 나는 사업을 하기로 결심하고 맥도날드를 경영하게 되었다. 세계적인 패스트푸드 업체인 맥도날드는 특허 받은 체인 경영 방식을 채택하고 있었다. 그래서 그 경영 자격을 얻기 위해서는 상당한 재력과 조건을 갖추어야 했다.

당시 학교를 졸업한 지 몇 년 되지 않은데다 사업을 위해 가족의 지원을 받을 수도 없는 처지였던 나는 맥도날드 본사에서 요구하는 75만 달러의 보증금은 물론 중간 규모 이상의 은행 신용대출을 받을 수 있는 조건을 갖추지 못했다. 내가 가진 돈이라곤 5만 달러가 채 되지 않는 저축이 전부였지만, 나는 미국의 패스트푸드 체인 문화가 일본에서도 큰 성공을 거둘 것이라 확신했다. 그러므로 어떤 대가를 치르더라도 일본에서 맥도날드 사업을 하기로 결심한 나는 돈을 융통하기 위해 온갖 방법을 동원했다.

하지만 일은 뜻대로 되지 않아 다섯 달이 지나도록 4만 달러를 빌린 것이 전부였다. 막대한 자금 문제 앞에서 보통 사람들은 의욕을 잃고 포기하기 마련이다. 그러나 나는 달랐다.

"가난한 것은 능력이 없어서이며, 천한 것은 의지가 부족하기 때문이다. 세상에서 가장 쉬운 것이 포기이고, 가장 어려운 것이 끝까지 해보는 것이다."

가난한 집에서 태어난 나는 아버지가 일러주신 이 말씀을 몸소 체험하고 이해하며 자라왔다. 그리고 그 말씀을 나의 좌우명으로 삼았다. 전쟁이 끝난 폐허 속에서 성장한 당시 젊은이들의 마음은 매우 혼란스러웠다. 고통, 치욕, 근심, 분노 등 부정적인 생각 중에서도 강해지고자 하는 의지가 있었다. 짧은 시간 안에 일본이 일어설 수 있었던 것은 바로 이 굳건한 의지에서 나온 것이었다. 나도 그 대표적 인물 가운데 한 사람이라고 자부한다.

봄비가 내리던 날 아침, 양복을 말끔하게 차려 입은 나는 자신감에 가득 찬 모습으로 한 은행 총재의 사무실에 들어갔다. 나는 진지한 태도로 상대방에게 나의 창업계획을 설명하고 도움을 요청했다. 나의 설명을 들은 은행 총재가 말했다.

"내게 생각할 시간을 주시오. 일단 돌아가서 기다리십시오."

나는 실망감을 느꼈다. 총재의 말은 예의를 갖춘 거절이라고 생각했기 때문이었다. 나는 마음속에 준비해둔 말을 이어나갔다.

"제가 모은 5만 달러에 관한 이야기를 해 드려도 되겠습니까?"

총재는 가볍게 대답했다.

"그러시죠."

"그것은 제가 6년 동안 다달이 저축한 결과입니다."

나는 계속해서 말했다.

"6년 동안 저는 매월 급여의 3분의 1을 저축해 왔습니다. 어떤 상황에서도 빠뜨려 본 적이 없습니다. 6년 동안 너무 쪼들려 난처했던 상황도 수차례 있었습니다만 저는 이를 악물고 버텨 왔습니다. 때로는 예상치 못한 일로 돈을 써야 했지만 그런 때에도 저축은 지켰습니다. 얼굴에 철판을 깔고 사방에서 돈을 빌려서라도 말이죠. 그렇게 저축을 늘렸습니다. 어쩔 수 없는 일이었지요. 저는 그렇게 할 수밖에 없었습니다. 왜냐하면 제가 대학문을 나서는 그 순간 품은 뜻이 있었기 때문입니다. 10년 동안 10만 달러를 모은 후 사업을 시작하고 출세하겠다는 것이 바로 그것입니다. 지금 기회가 왔습니다. 저는 사업을 좀 앞당겨 시작해서……"

이야기를 듣는 총재의 표정이 점점 진지해졌다. 그리고 나에게 저축을 해 온 은행의 위치를 묻고는 이렇게 말했다.

"좋습니다, 젊은 양반. 오후에 바로 답변을 드리지요."

나를 배웅한 후 총재는 직접 내가 말한 은행을 찾아가 저축 상황을 알아보았다. 그는 은행 직원으로부터 이런 말을 들을 수 있었다.

"후지타 씨 말씀이시로군요. 그분은 제가 본 사람들 중에 가장 예의바르고 끈기 있는 젊은이에요. 6년 동안 그는 비가 오나 눈이 오나 정확한 시간에 저축을 하러 왔답니다. 솔직히 말씀 드리자면 이렇게 빈틈없는 사람은 정말 처음이에요. 두 손 두 발 다 들었습니다."

은행 직원의 말을 듣고 총재는 크게 감동했다. 그는 곧바로 나에게 전화를 걸어 어떤 조건도 없이 사업자금을 빌려주겠다고 알렸다.

내가 물었다.

"어떻게 저를 믿어볼 결정을 하셨는지 여쭈어 봐도 되겠습니까?"

총재는 감격스러운 듯 대답했다.

"나는 올해 쉰여덟 살이 되었습니다. 2년 후면 퇴직이지요. 나이로 말하자면 내가 당신 나이의 두 배입니다. 그러나 오늘날까지 내가 저축해온 돈은 당신보다 많지 않습니다. 씀씀이가 크기 때문이지요. 이 말만 하겠습니다. 나는 정말 당신에게 크게 감탄했습니다. 내가 보장하지요. 당신은 성공할 것입니다. 젊은이! 잘 해보시오."

이때 '포기하지 않으면 결코 실패하지 않을 것이다.'라는 말이

문득 떠올랐다.

고집과 의지가 있으면 결코 포기하지 않는다. 자신의 목표에 도달하기 위해 끊임없이 노력하는 것은 지루하고 고통스러운 과정이다. 이 과정 속에는 넘기 어려워 보이는 장애물이 있고, 포기할 만한 수많은 이유들도 있다. 우리는 포기할 때마다 실패의 쓴 열매를 삼킬 수밖에 없다. 그러나 포기하지 않는다면 결국에는 희망이 보이고 방법이 보이고 우리를 기다리고 있는 성공이 보인다.

실패하는 이유는 단 한 가지이다.
그것은 노력하기를 포기했기 때문이다.

➕ 후지타 덴 藤田田
전 일본 맥도날드 회장.

11

여성으로 부자가 되려면

여성도 자신을 희생할 수 있다면
얼마든지 성공할 수 있다.

메리 캐시

나는 1918년 텍사스 주 핫 웰즈에서 레스토랑과 호텔을 운영하는 부모님 밑에서 태어났다. 어머니는 어린 나에게 "여성도 자신을 희생할 수 있다면 얼마든지 성공할 수 있다."는 말을 자주 하곤 하셨다. 어머니는 내가 어리고 여성임에도 불구하고 성공할 수 있다는 가능성을 본 것이다.

그런데 아버지가 병석에 누우면서 가세가 급격히 기울어졌고, 어머니는 휴스턴에 있는 한 레스토랑에 취직을 했다. 그리하여 나는 일곱 살 때부터 아버지 병수발과 가사를 도맡아 해야 했다. 그러면서도 공부를 열심히 하여 고등학교를 우수한 성적으로 졸업했다.

친구들은 대학에 진학했지만 나는 졸업 후 결혼을 했는데, 7년 동안 아이 셋을 낳고 남편의 수입이 일정치 않아 취직을 하려 했으나 대공황기라 쉽게 취직을 할 수 없었다.

그러던 어느 날 내 친구가 찾아와 나에게 아동서적을 팔아보는 게 어떠냐고 권했다. 그때 나는 '여성도 자신을 희생할 수 있다면 얼마든지 성공할 수 있다'는 어머니의 말이 생각났다. 그리하여 나는 그 일을 하기로 결심하고 우선 교회에 다니는 친구들에게 책을 팔아 9개월 만에 2만 5천 달러 치를 판매했다.

그때 나 스스로에게 사업가로서의 가능성이 있음을 안 것은 오로지 어머니 때문이다. 나는 가정용품 판매회사인 스탠리 회사에 판매사원으로 들어갔다. 얼마 안 있어서 판매여왕으로 올랐다. 그 후 1992년에 스탠리사를 그만두고 월드 기프트사로 옮겼다.

그 회사에서 25년 동안 동안 열심히 일을 했는데, 어느 날 출장을 갔다가 돌아와 보니 남자 부하가 나의 직속상관으로 임명되어 있었다. 실망한 나는 사직서를 내고 회사를 그만두었다. 그때 내 나이 45세였다. 그러나 나이 따위는 신경 쓰지 않았다. 이제는 좌우명이 되어 버린 '여성도 얼마든지 성공할 수 있다'는 어머니의 가르침이 내 마음속에서 살아 움직이고 있었기 때문이다.

돈 벌 수 있는 기회가 없을까 하고 생각하다가 얼마 전 제품설명회를 하던 날의 기억이 떠올랐다. 당시 한 부인의 피부가 너무 고와 참석자들로부터 부러움을 샀는데, 그 부인은 자신의 피부가 고운 것은 스푼모 부인이 만든 약품을 화장품에 넣어 사용했기 때문이라고 말했다.

나는 바로 이것이구나 하는 생각에 스푼모 부인을 찾아가 그약품을 만드는 비법을 500달러에 샀다. 그렇게 하여 나는 화장품 시장에 뛰어든 것이다.

내가 1963년 텍사스 댈러스에 〈뷰티 마이 메리사〉를 설립하여 사업을 시작하자마자 재혼한 남편이 심장마비로 죽었다. 게다가 나의 변호사는 파산한 화장품 회사 이름을 대며 지금이라도 그만두라고 권하기까지 했다. 그러나 나는 결코 포기하지 않았다.

나는 당시 최대 화장품 회사인 아본사와 다른 판매방식을 택했다. 아본사 처럼 물건의 장점만 나열하는 방식이 아니라 고객에게 미용 상의 문제점을 상의해주고 고객에게 적합한 화장품을 소개하는 방식을 택했다.

이런 방법을 택한 지 1년 만에 19만 8천 달러의 매출을 올리는 성과를 보게 되었다. 그리고 다시 1년 후에는 거의 100만 달러의 매출을 올리는 기적을 만들어냈다. 이제 나의 회사는 미국 최대의 화장품 회사라는 자리에 우뚝섰다. 이것은 내가 생각해도 기적 같은 일이었다.

나는 45세에 주위에서 실패할 것이라는 선입견을 깨고 마침내 최고의 비즈니스우먼이라는 결과를 만들어냈다. 그것은 '여성도 자신을 희생할 수 있다면 성공할 수 있다'는 어머니의 말씀을 항상 기억하고 자신을 채찍질하며 살았기 때문이다.

아니라고 생각하면 새로운 삶을 선택할 수 있어야 한다.
그동안 투자한 시간과 돈이 아까워서 계속 미련을 두다가는 더 큰 손해를 불 수 있다.
인생이 통째로 날아가기 때문이다.

+ 메리 캐시 Merry Cashyl
미국 최대 화장품 회사 〈뷰티 마이 메리〉사 회장.

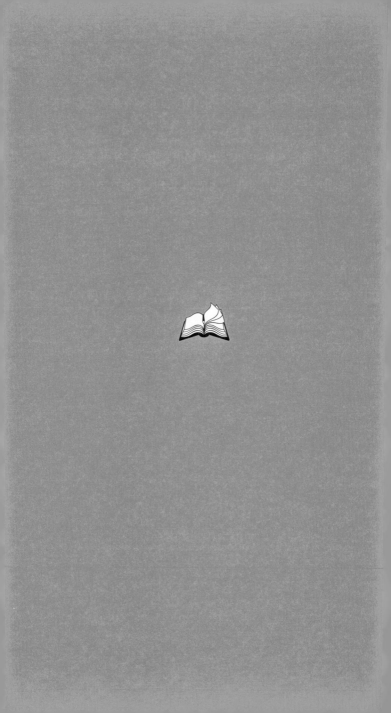

인간
관계의
지혜

말은 그 사람의 인격과 마음을 알리는 것이다.
말은 상대방에게 자신의 생각을 전달하여 목적을 이루려는 수단이다.

Heart beating word

사람은 누구나 자기 말에
귀를 기울여주는 것을 좋아한다.
상대가 자기에게 보이는 관심에서
신뢰감을 얻기 때문이다.

맹세를 했으면 반드시 지켜라

신을 향해서 한 맹세는
어떤 일이 있더라도 반드시 지키겠습니다.

툰베리

나는 18세 되던 해에 스웨덴의 린네 선생님을 만나서 9년 동안 의학과 식물학을 공부했다. 린네 선생님은 세계 모든 생물들을 조사하고 분류하려는 장대한 꿈을 가지고 있었다. 그러나 노령인 린네 선생님으로서는 세계를 여행하면서 식물을 수집하는 일이 쉽지 않았다. 그래서 나는 친구들과 함께 선생님의 뜻을 이어받아 그 꿈을 실현하기로 했다. 나는 선생님을 찾아가서 나와 친구들이 세운 계획에 대해 말씀드렸다. 나의 뜻을 들으신 선생님은 진지한 표정으로 말씀하셨다.

"아주 힘든 일인데, 어쩌면 생명이 위험해질 수도 있어."

"할 수 있습니다. 반드시 하겠다고 맹세를 하겠습니다."

그러자 린네 선생님은 나를 쳐다보시면서 엄숙한 표정으로 말했다.

"맹세는 신을 향해서 약속하는 거야. 그것은 목숨과도 바꿀 수 있어야 한다는 뜻이지."

"알고 있습니다. 반드시 지키겠습니다."

그리고 나는 마음속으로 이렇게 다짐했다.

'선생님께 바친 맹세는 어떤 일이 있더라도 반드시 지켜내겠어.'

그렇게 선생님과 굳은 약속을 한 나는 식물을 수집하기 위해 세계 여행을 떠났다.

내가 제일 먼저 도착한 곳은 일본이었다. 당시 일본에서는 쇄국정책으로 다른 나라 사람에 대한 경계심이 있었고, 국내에 거주하는 외국인에게는 언제나 엄한 감시의 눈이 따라다녔다. 일본에 도착한 지 얼마 안 되어서 나는 나가사키의 데지마에 유폐를 당해 자유롭게 움직일 수가 없게 되었다. 그러나 나는 선생님과의 약속을 반드시 지키기 위해 식물 채집을 포기하지 않았다. 가축 먹이로 쓰이는 풀에서 지금까지 보지 못한 식물들이 많다는 것을 알고 그것을 채집했다. 마차를 타고 가다가 마부의 힘을 덜어준다는 구실로 가마에서 내려 걸으면서 길에서 희귀한 식물들도 채집했다.

나는 이루 말할 수 없는 고통을 겪어야만 했다. 외국인이라는 이유로 많은 차별을 당하기도 하고 일본인의 냉대로 인하여 포기하고 귀국하고 싶은 마음이 들 때도 있었다. 그러나 그럴 때마다 선생님에 대한 맹세를 생각하고 다시 용기를 냈다. 그리고 시간을 내어 선생님에게 그동안의 경과를 편지로 써서 보냈다. 그렇게 지내던 중 린네 선생님으로부터 한 통의 답장을 받았다. 그 편지에는 이렇게 쓰여 있었다.

"나는 자네가 돌아올 때까지 살아야 한다는 일념으로 버티고 있네. 자네가 승리한 모습으로 귀국할 때 내 손으로 자네 머리 위에 월계관을 씌워줄 수 있다면 얼마나 기쁘겠는가."

나는 린네 선생님의 답장을 읽으면서 제자에 대한 선생님의 마음과 사랑을 느낄 수가 있었다. 그리고 다시 다짐했다. 선생님에 대한 맹세는 반드시 지키겠다고.

마침내 나는 1년에 걸쳐서 일본을 여행하면서 희귀한 식물들을 채집하는 데 성공했다. 그중에 일부는 씨앗을 추출해 일본에 심기도 했으며, 일부는 귀국할 때 가져와서 스웨덴의 여러 연구소에 심기도 했다. 이 모든 일이 가능했던 것은 선생님에 대한 맹세를 지키기 위해서 노력한 덕분이었다.

사제만큼 견고한 혼의 유대는 없을 것이다. 그리고 사제만큼 숭고한 정신의 계승은 없을 것이다.

+ 툰 베리 | Carl Peter Thunberg, 1743~1828 _근대 식물학의 창시자.

신념은 악을 이긴다

오늘은 위세 좋은 호랑이라도
내일이 되면 '양'이 되겠지

폴리카르파

나는 어려서 부모님과 언니, 남동생을 전염병으로 잃었다. 그리하여 참으로 불행한 어린 시절을 보내야만 했다. 그러나 나는 나의 불행한 가정에 시선을 두지 않고, 더욱 시야를 넓혀서 조국에 대해 생각했다. 그리고 긍정적으로 생각하고 낙천적으로 살았다. 내가 이렇게 생활할 수 있었던 것은 당시 학교 선생님이 나에게 해 주신 말 한마디 덕분이었다. 어느 날 선생님은 나를 교무실로 부르더니 이렇게 말했다.

"아무리 환경이 좋지 않을지라도 너 자신에 대한 긍지심을 가져라. 환경이 그럴수록 더욱 용기를 가져라. 너는 반드시 나라를 위해서 큰일을 할 것이다."

나는 이 말을 평생 동안 가슴에 담고 살았다. 어려운 일을 만날 때마다 선생님의 말을 기억하고 더욱 용기를 냈다. 그리고 나라를 위해서 무엇을 할 수 있을까 고민했다.

당시 콜롬비아는 무려 300년이나 미국의 지배를 받고 있었다. 그리하여 많은 애국자들이 독립을 하기 위해서 혁명의 씨앗을 뿌리고 있었다.

나는 아직 10대 후반이었기 때문에 주위에서는 의식도 없는 순진한 소녀로만 보았다. 그러나 조국에 대한 열정이 마음속에서 싹트기 시작했다. 그것은 "나라를 위해서 큰일을 할 것이다"라는 선생님의 말 한마디 때문이었다. 그리하여 내가 할 수 있는 것부터 차근차근 하나씩 도전해갔다.

먼저 혁명을 꿈꾸는 주위 사람들과 '혁명의 벗'이 되기로 했다. 또 '혁명의 불꽃'을 사람들에게 지피기로 했다.

나는 차츰 중요한 일을 맡게 되고, 혁명 운동에 없어서는 안 될 존재가 되었다. 상황이 그러하니 적들도 집요하게 나를 노리기 시작했다. 결국 나는 적들에게 붙잡히고 말았다.

감옥에 들어간 후 매일같이 나는 견디기 힘든 고문을 당했다. 그들은 "공범자를 대라!"고 말하면서 참혹한 고문을 가했다. 나는 그때마다 이렇게 대답했다.

"공범자는 우리 국민입니다. 부정과 억압과 독재를 용서하지 않는 우리 국민입니다."

나는 결국 사형 선고를 받았다. 공개 총살형이었다. 그때 내 나이는 불과 20살이었다. 처형 전날 적들에게 동참한 신부가 나를 찾아왔다. 그러고는 나를 설득했다.

"지금이라도 늦지 않으니 잘못했다고 말하고 용서를 비세요. 그러면 목숨은 살려줄 겁니다."

그러나 나는 단호하게 거절했다.

"내가 만일 잘못했다고 하면 적이 올바르고 나의 행동이 잘못되었다는 것을 인정하는 것입니다. 그것만은 할 수 없습니다. 나는 잘못한 일이 없습니다. 나라를 위해서 올바른 행동을 한 것입니다."

옆에 있던 장교가 신부에게 말했다.

"오늘은 위세 좋은 호랑이지만 내일은 순한 양이 될 것입니다."

나는 그 말을 듣고 바로 되받아서 말했다.

"당신들이야말로 지금은 호랑이인 척 하지만 유사시엔 순한 양으로 변합니다. 나는 죽을 때까지 당당한 호랑이가 될 것입니다."

처형당하는 날 나는 내 주위에 사람들이 많이 모여 있는 것을 보았다. 처형당하기 직전 나는 있는 힘을 다해 군중들을 향해 소리쳤다.

"국민으로서 긍지심을 가지세요! 아무리 힘들어도 용기를 가지세요!"

어렸을 때 나의 인생을 바꾼 선생님이 하신 말씀이다. 그러고는 한 발의 총성이 들렸다.

사람들의 마음을 열고 바꾸는 것은
한 인간의 총명한 눈이며 진실한 소리이며 용기 있는 행동이다.

+ 폴리카르파
콜롬비아 독립운동가, 폴리카르파가 죽은 지 2년이 지나서 콜롬비아는 완전히 해방되었다.

말보다 경청이 때로는
신뢰를 준다

좋은 청취자가 되라.
남이 자기 자신에 대해서 말하도록 격려하라.

데일 카네기

어느 날 나는 한 모임에서 유명한 식물학자와 이야기를 나누게 되었다. 나는 식물에 대해서 아는 것이 없어서 그저 열심히 듣기만 했다. 연신 "아, 네."라는 말만 반복하며 식물학자의 말에 응수했다. 그리고 조금 더 알고 싶은 내용이나 궁금한 것이 있으면 말했다.

"그 부분에 대해서 조금 더 설명해주시겠습니까?"

그러면 식물학자는 좋아서 얼굴에 웃음을 띠며 신나게 말했다.

사실 나는 그때 다른 좌석으로 옮기고 싶었지만 신나게 설명해주는 식물학자에 대한 예의 때문에 그 자리를 뜨지 않고 몇 시간째 그의 말을 듣고 있었다. 그 식물학자가 말한 내용 중에는 새롭고 흥미로운 것도 있었지만 실제 내가 생활하는 데 필요 없는 이야기들도 있었다. 그러나 나는 그런 것은 생각하지 않고 열심히 들어주었다. 장시간에 걸친 그의 이야기가 끝나자 나는 손을 내밀면서 말했다.

"오늘 참으로 유익한 말씀 잘 들었습니다. 식물을 키우는데 많은 도움이 될 것 같습니다. 감사합니다."

그러자 식물학자는 반색을 하면서 말했다.

"그렇습니까? 저 역시 잘 들어주셔서 감사드립니다."

식물학자는 매우 만족스러운 표정으로 자랑스러워하며 나의 손을 힘차게 잡고 흔들었다. 그리고 며칠 후 나는 그 모임에 참석했던 한 사람을 만나게 되었다. 그는 그날 모임에서 나와 대화를 나누었던 식물학자 이야기를 하면서 뜻밖의 말을 하는 것이었다. 식물학자가 나를 '대화의 명수'라고 말하더라는 것이었다. 나는 깜짝 놀랐다.

그날 식물학자와의 대화에서 나는 그 학자의 말을 경청했을 뿐 말 한 마디도 하지 않았는데 대화의 명수라니!

그 사람과 헤어진 후 그 식물학자와의 대화 당시를 회상하면서 나는 중요한 진리를 깨달았다. '때로는 말보다 경청이 믿음과 신뢰를 준다는 것'을.

그때부터 나는 대화할 때마다 '때로는 경청이 믿음과 신뢰를 준다는 것'을 생각하고 남의 말을 열심히 듣는 경청자가 되었다. 이것이 바로 내가 '대화의 명수가 된 비결'이기도 하다.

사람은 누구나 자기 말에 귀를 기울여주는 것을 좋아한다.
상대가 자기에게 보이는 관점에서 신뢰감을 얻기 때문이다.
상대에게 신뢰감을 주려면 귀를 기울여 그의 말에 경청하라.

✝ 데일 카네기 Dale Carnegie, 1888~1955
미국의 작가이자 강사. 워렌버그 주립 사범대학 졸업. 교사, 세일즈맨, 식품회사, 행상 등 다양한 경험을 통해 인간관계에 대한 여러 권의 서적을 집필.

진심으로 감사할 줄 아는
사람이 되라

|

사람에게 도움을 받았으면
진심으로 감사하는 사람이 되라.

우드로 윌슨

미국의 명문대학 중 하나인 프린스턴 대학교의 졸업식이 열리는 날이다. 수많은 사람들이 졸업을 축하하기 위해서 학교를 방문했다. 그중에는 정치인을 비롯하여 저명한 인사들도 많았다. 졸업식이 끝날 무렵이었다. 최우수 성적으로 졸업한 학생을 표창하는 시간이 되었다. 총장님은 큰 목소리로 말했다.

"여러분, 금년에 전교에서 최우수 성적으로 졸업한 학생을 소개하겠습니다. 여러분, 큰 박수로 칭찬해 주십시오."

그러고는 더욱 큰 소리로 말했다.

"그 학생은 바로 우드로 윌슨입니다. 우드로 윌슨, 이 앞으로 나오세요."

나는 총장님의 부름을 받고 앞으로 나가 총장님과 내빈들을 향해 고개를 숙여 인사를 했다. 그리고 다음과 같이 말했다.

"저에게 이런 상을 주셔서 영광입니다. 그러나 이 상은 제가 받아야 할 것이 아니라 저희 어머니가 받아야 할 상입니다. 왜냐하면 제가 오늘 이 자리에 서게 된 것은 오로지 어머님 덕분이기 때문입니다. 어머님의 수고 덕분에 오늘날 제가 이 자리에 있게 된 것입니다."

그러고는 졸업생 학부모 자리에 앉아계신 어머니의 손을 잡고 강단으로 향했다. 그러자 내빈들을 비롯하여 많은 사람들이 우레와 같은 박수로 어머님을 맞이해주었다.

어머니는 평소에 누구에게나 도움을 받았으면 진심으로 감사할 줄 아는 사람이 되라고 가르치셨다. 내가 지금까지 도움을 가장 많이 받은 사람은 바로 어머니였기 때문에 졸업식 날 시상식에서 어머니를 모신 것이다. 그 졸업식이 어머니께서 가르친 대로 실천한 첫 무대가 된 것이다.

우리는 세상을 살면서 이웃으로부터 또는 지인으로부터 크고 작은 도움을 받고 산다. 그때마다 감사함을 잊지 않아야 한다. 진정으로 감사할 줄 아는 사람이 되어야 한다. 감사할 줄 아는 것이 인격의 시발점이다.

+ 우드로 윌슨 Thomas Woodrow Wilson, 1856~1924 _미국 제28대 대통령.

최후에 웃는 자가
진정한 승리자다

절망은 어리석은 자가 내리는 결론이다.

디즈레일리

내가 총리가 되어서 처음으로 의회에서 연설할 때의 일이다. 아마도 나는 그 순간을 평생 잊지 못할 것이다. 총리로 선출되어 최초로 의회에서 한 연설이기도 하지만 내 평생 그토록 야유와 비난을 받은 적이 없었기 때문이다. 또한 그때를 잊지 못하는 것은 그토록 많은 야유와 조롱이 나로 하여금 훌륭한 총리가 되게 만든 계기가 되었기 때문이다.

영국 의회는 신사 나라의 의회답게 조용히 경청하는 관습이 있었다. 그런데 그날은 그렇지 않았다. 내가 연설을 시작하자 나의 말 한마디 한마디에 의원들은 비웃음과 야유로 회의를 난장판으로 만들었다.

내가 의원들에게 눈엣가시처럼 보이게 된 것은 나에게 이렇다 할 학력이 없기 때문이다. 나는 비록 총리가 되었지만 런던 대학이나 옥스퍼드 같은 명문대학을 나오지 않았다. 나는 독학으로 공부하여 총리가 된 사람이다.

학력이 좋다고 해서 능력이 반드시 뛰어난 것은 아니다. 그러나 세상은 학력으로 그 사람을 판단한다. 참된 능력자라도 명문대학을 나오지 않았다는 이유만으로 따돌림 당하고 만다.

의회에서 총리가 연설을 하고 있음에도 불구하고 의원들은 내연설을 전혀 들으려고 하지 않았다. 그때의 상황은 말 그대로 '절망'이었다.

"나는 여러 가지 일을 했습니다. 그리고 마지막에는 성공했습니다. 이제 제 자리로 돌아갑니다. 여러분이 제 말에 귀를 기울일 때가 언젠가는 옵니다."

나는 잘난 체 하는 엘리트 의원들을 향해 가슴을 펴고 소리 쳤다.

"내게 귀를 기울일 날이, 그리고 내게 복종하는 날이 반드시 온다"고.

그로부터 나는 '명총리'라는 대명사를 얻기 위해 열심히 노력했다. 그리고 누구라도 넋을 잃고 들을 정도로 명연설가가 되기 위해 열심히 연습하고 단련했다. 첫 등단 때의 수모와 창피를 기억하고 더욱 열심히 노력했다.

"바보 취급을 하려면 해라! 당신들이 웃는 동안 나는 진짜가 되겠다. 열심히 공부하겠다. 누구와 겨루어도 이길 정도로 힘을 기르겠다."

마침내 나는 이겼다. 처음의 패배가 마지막의 승리라는 기폭제를 만들었다. 야유와 비웃음으로 나의 연설을 경멸하고, 명문 대학을 나오지 않았다는 이유로 나를 비웃던 의원들은 모두 패배자가 되어 나에게 승복했다. 나는 나를 반대하는 세력들을 혼신의 힘을 다하여 내편으로 만들었고 굴복시켰다. 절망을 이겨낸 것이다.

무슨 일이 있을 때마다 불평하거나 불행하다고 한탄하는 그런 마음으로는 승리하지 못한다. 자기 힘으로 환경을 바꾸고 자기에게 걸맞은 무대를 만들어야 한다.

+디즈레일리 Benjamin Disraeli, 1804~1881
영국 정치가.

06

하늘은 스스로 돕는 자를 돕는다

그는 자신에게 용기를 줄 사람을 찾고 있었다.
그러나 그 어디에도 없었다.

게오르크 프리드리히 헨델

내 나이 56세 때의 일이다. 뇌출혈로 쓰러졌다가 다시 일어났으나 마음대로 움직이지 못하는 신세가 되었다. 게다가 오페라의 쇠퇴로 파산하여 나는 빈털터리가 되었다.

어느 추운 겨울날이었다. 몸이 좀 회복되어 런던 거리를 걷고 있었다. 화려했던 지난날은 어디로 가버리고 남은 것은 초췌한 몰골뿐이었다. 거리를 떠돌다가 집에 도착했을 때 책상 위에 낯선 봉투가 보였다. 내가 없는 사이에 누가 놓고 간 것이다.

"이게 무슨 봉투지?"

의아한 생각으로 봉투를 뜯어 내용물을 꺼냈다. 글이 적혀 있는 종이 한 장이 들어 있었다. 종이에는 '당신에게 바치는 시, 오라트리오'라는 글씨가 적혀 있었다. 찰스 제네스라는 시인이 보낸 편지였다. 그 편지에는 오라트리오를 즉시 작업할 수 있느냐고 묻는 내용도 들어 있었다. 대충 훑어보고 종이를 내려놓으려는 순간 한 대목이 나의 눈을 사로잡았다. 그것은 다음과 같은 글이었다.

"그는 사람들에게 거절당했으며 또한 비난까지 받았다. 그는 자신에게 용기를 줄 사람을 찾고 있었다. 그러나 아무 데도 없었다. 그 누구도 그를 편안하게 대해주지 않았다. 그는 하나님을 믿기로 했다. 하나님은 그의 영혼을 지옥에서 건져주셨다. 하나님은 당신에게 안식을 주실 것이다."

나는 이 글을 읽고 나서 가슴이 뭉클해졌다. 마치 어려움에 처해있는 나에게 말하는 것처럼 느껴졌다. 그 순간 나도 모르게 눈물이 흘러내렸고, 가슴에 뜨거운 불덩어리가 이글거리는 것 같았다. 나 자신도 모르게 입에서는 탄성이 나왔고, 머릿속에는 알 수 없는 멜로디가 떠올랐다. 나는 즉시 펜을 들고 악보를 그려나갔다. 식사도 거른 채 작곡에만 열중했다. 작곡하는 동안에는 마치 혼이 나간 것처럼 느껴졌다. 일어섰다 앉았다를 반복하며 이리저리 움직이고 때로는 머리를 쥐어뜯기도 했다. 그리하여 나는 작곡을 시작한 지 23일 만에 곡 하나를 완성했다. 곡의 이름은 '메시아'였다. 작곡 작업을 마치자 나의 얼굴에는 알 수 없는 기쁨과 환희가 넘쳤다.

'메시아'는 많은 사람들의 기대 속에 공연되었으며, 상연 이후 사람들은 눈물을 흘리기도 했다. 국왕인 조지 2세도 공연을 관람하고 감동한 나머지 자리에서 일어서기도 했다는 소식을 들었다. 이 모두가 찰스 제네스 시인 덕분이었다. 그의 편지 한 통이 절망에 빠진 나를 일으켜 세웠던 것이다.

어떤 어려운 상황에서도 굴복하지 말라.
인격이란 순간적인 감정이 지나간 후에 훌륭한 해결책을 실천에 옮길 수 있는 능력이다.

+ 게오르크 프리드리히 헨델 George Frideric Handel, 1685~1759
작곡가.

스승의 말은 곧 스승이다

스승의 말은 곧 스승이다.
스승의 말을 따라야 한다.

이항복

정승으로 관직을 받아 일할 때의 일이다. 어느 날 집에서 쉬고
있는데 하인이 헐레벌떡 오더니 소리를 쳤다.

"대감마님, 스승님이 오셨습니다."

"하하, 스승님이 오셨다고?"

스승님은 초라한 모습을 하고 있었다. 나는 허리를 굽혀 정중
하게 인사를 한 후 스승님을 방으로 모셨다. "스승님, 그동안
편안하셨는지요?"

"나는 잘 지내고 있소."

"스승님, 말씀 낮추세요."

나는 스승님의 존댓말에 어쩔 줄을 몰랐다.

"영의정 정승인데 어찌 내가 말을 놓겠소?"

"아니옵니다. 스승님께서는 저를 어렸을 때부터 키우셨습니다. 그런데 어째서 존댓말을 사용하십니까?"

"그때는 어린 개구쟁이었고, 지금은 정승이 아닙니까?"

"아닙니다. 그렇지 않습니다. 스승님은 언제나 제 스승님입니다."

나는 그렇게 말하며 스승님을 극진히 모셨다. 다음 날 스승님이 하직을 고하자 나는 면포 십여 단과 쌀 두 섬을 노자로 드렸다.

스승님은 너무 많다며 받기를 거절했다.

"스승님, 그냥 받아주십시오."

"아닐세. 이것은 내가 받기에 너무 많네. 이것도 나라의 재산이 아닌가?"

"아닙니다. 나라의 재산과는 무관합니다."

"그래도 나는 쌀만 가지고 가겠네."

"스승님, 그냥 받아주십시오. 그렇지 않으면 제가 부끄럽습니다."

"말로는 스승이라고 하면서 어찌 나의 뜻을 거역하려고 하는가? 제자라면 내 말대로 하시게. 스승의 말은 곧 스승이네."

나는 더 이상 권하지 않았다. 그리고 그때부터 스승의 말은 곧 스승 자체라는 진리를 깨닫고 스승님의 말을 존중하고 따르기로 했다. 스승의 말은 곧 스승이라는 말 한마디가 내 일생의 교훈이 되었다.

*

말은 그 사람의 인격과 마음을 알리는 것이다.
에스파냐의 작가 그라시안의 말이다.
말은 상대방에게 자신의 생각을 전달하여 목적을 이루려는 수단이다.

+ 이항복 李恒福, 1556~1618
호는 백사(白沙), 조선 중기의 문신이자 학자.

08

아름답게 인생을
물들이는 보은

|

너는 마음씨가 곱고 머리도 좋아.
선생님은 네가 학자가 될 거라고 믿어.

알타나이

나는 학교도 없는 러시아의 시골에서 자랐다. 내가 사는 집 근처에는 쥬이센이라는 청년이 있었는데 그는 마을에 '학교를 세우자'는 이상에 불타 있었다. 그러나 마을 사람들은 그 청년의 말에 귀를 기울이지 않았다. 그 청년은 학력도 없었고 그저 평범한 청년에 불과했기 때문이다.

쥬이센은 아이들에게 마음껏 공부라도 할 수 있게 해주고 싶은 마음에 열심히 노력하여 드디어 학교를 만들었다. 그리고 그 학교의 최초 교사가 되었다.

나는 그 선생님의 간곡한 부탁으로 학교에 다니게 되었다. 우리 마을에서 학교가 있는 언덕으로 가려면 강을 건너야만 했다. 선생님은 한 아이는 목마를 태우고 다른 아이는 가슴에 안고 강을 건넜다. 이렇게 수차례 왕복하면서 아이들을 건너편으로 옮겼다. 아이들도 선생님의 열성에 보답하기 위해 열심히 공부를 했다.

하루는 비가 많이 와서 강물이 깊어졌는데 그걸 모르고 나 혼자서 건너가다가 물에 빠져 허우적거리고 있었다. 그때 선생님이 그 소식을 듣고 달려와 물에 빠져서 허우적거리는 나를 구해주었다.

어느 날 선생님은 학교 마당에 심을 포플러 두 그루를 가지고 와서 나에게 이렇게 말했다.

"선생님이랑 둘이 이 나무를 심자. 이 포플러가 자라서 힘을 키우는 사이에 너도 자라서 훌륭한 사람이 되는 거야. 넌 마음도 곱고 머리도 좋고 공부도 잘해. 선생님은 네가 학자가 될 거라고 생각한다. 그럴 거라고 믿어."

그 후 나는 꿈에서도 그리던 도시 학교로 전학을 갔다. 공부하는 동안에 한 번도 쥐이센 선생님의 말씀 "너는 반드시 학자가 될 거야"라는 말을 잊지 않았다. 그리고 열심히 공부하여 선생님이 바라는 대로 마침내 학자가 되었다.

세월이 흐르고 나는 바라는 대로 성공하여 고향을 찾아갔다. 그때 마침 마을에 훌륭한 새 학교가 생겨 경사스러운 개교식을 하고 있었다. 나는 그 마을 출신으로 성공한 사람이 되어 귀빈으로 초청을 받았다. 학교를 방문했을 때 나를 제일 먼저 반긴 것은 학교 언덕에 있는 포플러 두 그루였다. 포플러도 자라서 무성한 입을 자랑하고 있었다.

개교식이 끝날 무렵 한 집배원이 개교 축하 전문을 전달하러 학교에 왔다. 그 늙은 집배원은 다름 아닌 쥬이센 선생님이었다. 선생님은 여러 사람이 보낸 개교 축전을 개교 기념식에 늦지 않게 전달하려고 가쁜 숨을 몰아쉬면서 달려온 것이었다.

그러나 마을 사람들은 학교를 만들어 준 은혜를 잊어버리고 늙어버린 쥬이센 선생님을 조롱하고 깔보기까지 했다. 그때 나는 모인 사람들 앞에서 이렇게 말했다.

"우리는 평범한 인간을 존경하는 마음을 언제 잃어버렸습니까?"

그리고 나는 마을 사람들에게 제안했다. 새로 세워진 학교 이름을 그 선생님의 이름을 따서 '쥬이센'학교로 하자는 제안이었다. 마을 사람들은 내 말에 모두 동의했고 결국 그렇게 하기로 했다.

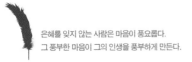

은혜를 잊지 않는 사람은 마음이 풍요롭다.
그 풍부한 마음이 그의 인생을 풍부하게 만든다.

+ 알타나이
러시아 학자.

잊을 수 없는
두 사람과의 만남

|

좋은 만남은
좋은 인생을 만드는 자양분이다.

로맹 롤랑

풋풋한 소녀 시절에 나는 포도가 송이송이 맺혀 있고, 소들이
풀을 뜯는 한가로운 목장을 걷다가 농부들이 흥얼거리는 위고
의 시를 듣게 되었다. 그때부터 위고를 만나고 싶은 마음이 간
절했다. 이런 마음은 날이 갈수록 점점 더해갔다.

나는 마침내 위고를 만나기 위해 스위스로 갔다. 그곳에 위고
가 머물러 있다는 소식을 들었기 때문이다. 나는 어머니와 동
생과 함께 호텔 정원에서 위고를 기다렸다.

그때 위고는 혼잡한 인파 속에서 모습을 드러냈다. 내 가슴은 두근거렸다. 사람들이 그를 보고 환호하자 위고는 "공화국 만세"를 외쳤다. 그러나 그를 둘러싸고 있는 군중들도 위고와 함께 "공화국 만세"를 외치고 있었다. 나는 그런 위고의 모습을 멀리서 지켜보고 있었다. 당시 큰 감동을 받았으며 그 후 50년이 지난 후에도 영영 잊을 수가 없었다. 그리하여 인간에 대한 위고의 사랑을 다른 사람에게도 전하려고 노력했다.

러시아의 문호 톨스토이와의 교류도 내 평생 잊지 못할 사건이다. 이 교류로 인해서 나는 《장 크리스토프》라는 명작을 쓸 수 있었다.

나는 스무 살 때 인간사에 대한 의문이 있었다. 나로서는 그 의문을 풀려고 했으나 도저히 풀리지가 않았다. 많은 고민을 하다가 톨스토이에게 장문의 편지를 보냈다. 편지를 보내면서 그런 위대한 분이 나 같은 사람에게, 그것도 20대 청년의 질문에 답장을 주리라고 기대하지 않았다. 그런데 편지를 보낸 지 얼마 안 되어서 나의 편지와 같은 장문의 답장이 톨스토이로부터 왔다. 나는 설마 하는 마음으로 편지를 뜯어보았다. 38쪽이나 되는 긴 편지였다.

톨스토이의 답장에 감격한 나는 훗날 작가로서 성공한 후에도 이름 없는 사람으로부터 양심적인 질문에는 답장을 반드시 해주었다. 그것은 젊은 시절에 톨스토이로부터 얻은 감동의 결과였다.

훌륭한 사람에게는 반드시 좋은 선배, 좋은 선생님과의 만남이 있다.
마음이 열린 사람은 주위에 좋은 친구가 많고 좋은 후배들이 따른다.

+ 로맹 롤랑 Romain Rolland, 1866-1944
프랑스의 문호, 《장 크리스토프》의 저자.

10

Heart beating word

게으름은 남에게
피해를 주는 것과 같다

게으른 자는
남의 물건을 빼앗는 사람보다 더 나쁘다.

제임스 가필드

어린 시절 나에게 가장 결정적인 영향을 미친 사건은 아버지와 함께 히말라야 여행을 떠난 것이었다. 무려 4개월 동안 아버지와 함께한 여행을 통해 나는 한층 더 성숙한 소년이 되었다.

나는 열한 살이 되던 해에 태어나서 처음으로 아버지와 함께 여행길에 올랐다. 이 여행은 열한 살 전후의 아이들이 행하는 인도 전통의 성인식을 치르고 그것을 기념하기 위해서였다.

열한 살 나이의 여행이라 마음이 들뜨고 하늘을 나는 것 같았다. 아버지와 내가 처음 도착한 곳은 샨티니케탄으로 궁벽한 시골 마을이었다.

이곳에 여행을 오게 된 것은 우연이나 아무런 계획 없이 온 것이 아니라 아버지가 나를 위해서 이미 계획하신 곳이었다. 아버지는 나에게 대자연의 한가운데서 우주의 신비와 무한한 상상력을 맛보게 하기 위해 이곳을 택하신 것이다.

그곳에서 아버지는 열한 살 어린아이에 불과한 나에게 마음껏 뛰어 놀게 내버려두지 않았다. 낮에는 영어나 산스크리트어로 된 문학 작품을 읽게 하셨고, 밤에는 우주의 신비로움과 천문학에 대한 이야기를 들려주었다.

그곳에서 아버지는 나에게 특별한 교육을 하셨다. 바로 돈에 대한 교육이었다. 아버지는 나에게 여행비를 관리하는 일을 맡기셨다. 아버지의 지갑을 관리하며 지출을 매일 기록하면서 실무 경제를 익히게 하셨다. 실전 경험을 통해서 경제 감각을 익히게 하시면서도 아버지는 여행의 목적을 잊지 않았다.

아침이면 어김없이 공부하게 하셨고, 대자연 속에서 뛰어 놀게 하면서도 나태함이나 게으름에 빠지지 않도록 나를 잡아주셨다. 매일 아침 인도 고대 언어인 산스크리트어를 공부하고 태양이 중천에 떠오를 때면 아버지와 함께 히말라야 정기를 느끼면서 산책을 했다. 산책에서 돌아오면 아버지로부터 영어를 배웠다.

아버지는 늘 나에게 이렇게 말씀하셨다.

"게으른 사람은 남의 물건을 빼앗는 것보다 더 나쁘다. 왜냐하면 게을러서 자신의 일을 하지 못하면 다른 사람이 대신 해 주어야 하기 때문이다."

나는 자라면서 나태한 생각이 들 때마다 히말라야 산중에서 아버지가 하신 이 말씀을 떠올리며 마음 자세를 바로잡곤 했다. 이 말은 나의 일생 동안 나를 지켜주는 교훈이 되었다.

게으른 자는 밥도 먹지 말라고 성경은 가르친다. 근면이야말로 이 세상을 살아가는 데 가장 중요하고
필요한 덕목 중에 하나다.

+ 라빈드라나드 타고르 Rabindranath Tagore. 1861-1941 _인도의 사상가, 시인.

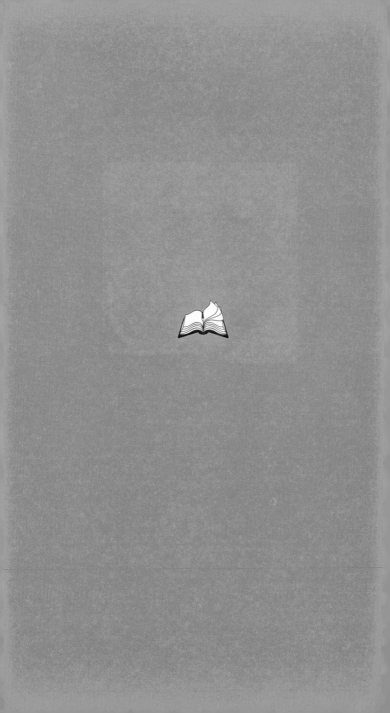

도전과
용기 있는
삶을 위하여

과거는 지울 수 없으나
인생은 새롭게 시작할 수 있다.

Heart beating word

언제나 한 계단 위를 목표로
지금의 나를 넘어서는, 힘든 작업을 하고 싶다는
그러한 노력이 인생의 캠퍼스에 불멸의 명화를 남긴다.

운명에 복종하지 말라

|

전 세계가 그릇된 방향으로 갈지라도
우리가 개인으로서
운명에 따라야 할 이유는 없다.

인디라

나의 아버지는 무려 9번이나 투옥 당했으며 모두 9년 동안이나 옥중생활을 하셨다. 그로 인해서 나는 아버지와 언제나 떨어져 생활을 해야 했다. 게다가 당시 나의 어머니는 병으로 일찍 돌아가셔서 더욱 외로웠다. 그래서 옥중에 계신 아버지에게 편지를 보내는 것으로 위안을 삼았다.

어느 날 나는 이렇게 편지를 써서 아버지께 보냈다.

"아버지, 아버지가 계시지 않아 무척 외롭습니다. 아버지의 방문은 언제나 닫혀 있습니다. 언제나 열려 있을까요? 아버지가 없는 방에 혼자 들어가기가 제일 싫습니다. 아버지! 참 보고 싶습니다."

그러자 아버지로부터 답장이 왔다. 답장에는 이렇게 적혀 있었다.

"내가 스위스에 있을 때, 지금과 같은 상황에 처했을 때 아버지는 어떻게 했는지 아니? 내가 가르쳐 줄 테니 너도 그렇게 하렴. 그러면 덜 외로울 거야. 나는 내 방과 네가 거처하던 방 사이의 문을 언제나 열어 두었단다. 그리고 매일 아침 네 방을 찾아가서 너와 대화를 나누었고, 저녁에 잠자리에 들 때도 "잘 자렴" 하고 너에게 꼭 인사를 했지. 네가 없을 때도 네가 있는 것처럼 생각하고 대화를 나누면서 너에 대한 그리움을 잊었단다. 네가 외출하고 곧 돌아올 것 같은 마음에 너의 방문을 항상 활짝 열어놓고 환풍이 잘 되도록 했으며 너의 방을 즐겁고 환한 방으로 만들었다. 마치 네가 그 방에 있는 것처럼 말이다. 너도 그렇게 해 보렴. 그러면 아마도 외로움을 잊을 수 있을 거야."

나는 아버지의 편지를 받은 후부터 아버지의 말씀대로 아버지의 방문을 활짝 열어놓고 아버지와 대화를 나누었다. 그러는 과정에서 아버지에 대한 외로움을 어느 정도 잊을 수 있었다. 그러면서 아버지와 나는 마음의 문을 활짝 열어 놓았다.

가끔 세상이 우리가 원하는 방향으로 움직이지 않는다고 느낄 때면 나는 더욱 우울해졌다. 세상을 원망하기도 했다. 그러면 아버지는 나의 마음을 아시고 편지를 보내주셨다. 나는 그 편지를 읽으면서 다시금 용기를 내어 살 수 있었다.

그때 아버지의 편지에는 다음과 같은 글이 적혀 있었다.

"인디라야! 세상이, 전 세계가 그릇된 방향으로 돌아간다 할지라도 우리가 개인으로서 운명에 따라야 할 이유는 아무것도 없다."

나는 아버지의 편지를 읽으면서 나라의 형편이 어떠하든 현재의 상황이 어떠하든 운명을 따르지 말라고 하신 아버지의 말씀을 되새기면서 힘과 용기를 얻었다. "운명을 따를 이유는 아무것도 없다"는 말씀을 생각하면서 내가 놓인 상황과 운명을 극복하기 위해 열심히 살았다.

인간은 어떤 운명도 바꿀 수 있다는 신념이 있을 때 어떤 난관도 헤쳐 나가게 된다.
과거에서 미래로, 세대에서 세대로 역사는 흘러간다.
이 때 운명에 결코 굴복하지 않으려는 확고한 신념을 가져야 한다.

+ 인디라
인도의 수상 네루의 딸

언제나 한 계단 위를 목표로

|

예술가는 더 높이 이끌어 주는
다른 작품을 창조하기 위해
계속 열중해야 한다.

루벤스

나는 20대에 예술과 학문의 도시 로마에서 명작을 꼼꼼히 묘사하며 착실하게 연구해 기본적인 기법을 하나하나 몸에 익혔다. 30대에는 그러한 바탕 위에 독자적인 학풍을 확고하게 확립했다. 그리고 40대 원숙기에는 장대하고 화려한 작품을 계속 그렸다.

나는 항상 향상하려는 노력을 잊지 않았으며 말년에 이르기까지 그림의 새 경지를 열어갔다. 내가 이렇게 활동하게 된 계기는 그림 공부를 처음 시작했을 때 만난 프랑스의 화가 르네 위그 씨의 말 한마디 덕분이다. 그는 그림을 시작하는 나에게 이렇게 말했다.

"완성된 작품은 이미 과거에 죽은 작품뿐입니다. 예술가는 그것을 뛰어넘는 작업을 추구해야 합니다. 더 멀리 더 높이 이끌어 주는 다른 작품을 창조하는 일에 몰두해야 합니다."

나는 작업을 할 때나 무슨 일을 할 때 르네 위그 씨의 말을 가슴에 깊이 간직하고 그대로 하려고 노력했다.

나는 50대에 외교사절이 되어 많은 활약을 했다. 당시 유럽은 30년 전쟁으로 매우 황폐했다. 나는 평화를 바라는 마음으로 유럽 전역을 돌아다니면서 영국과 스페인이 화평을 실현할 수 있도록 노력했다.

나는 쉰세 살에 외교가에서 은퇴를 했다. 그 후에도 편안하게 여생을 즐기지 않고 창조의 기쁨을 누리려고 애썼다.

당시 통풍이라고 부르는 관절염에 걸려 붓을 들 수가 없었다. 그러나 창작의 열정은 식지 않았다. 그리하여 생각한 것이 청년들과의 공동 작업이었다. 나는 작업장에서 제자들과 조수들과 작업을 하면서 뛰어난 후진을 길러냈다. 이것 역시 창작의 일환이라고 생각했다. 산다는 것의 진정한 의미는 생애 마지

막까지 배우고 도전하는 데에 있다고 생각한다. 나이와 상관
없이 향상심을 잃는 순간부터 후퇴는 시작된다.

언제나 한 계단 위를 목표로 지금의 나를 넘어서는, 힘든 작업을 하고 싶다는 그러한 노력이 인생의 캠퍼스에 불멸의 명화를 남긴다.

+ 프랭크 베트거 Frank Bettger, 1888-1981 _17세기 폴란드로 회화의 거장

*

할 수 있는 일에
최선을 다하라

|

네가 지금 할 수 있는 일이 무엇이든지간에
열심히 해보는 거야.

노구치 히데요

나는 어릴 적에 난로에 떨어져 화상을 입었다. 집이 가난했기 때문에 치료를 제대로 받을 수가 없어서 손가락과 손가락 사이가 들러붙고 손끝은 마치 나무토막처럼 되고 말았다. 친구들은 그런 나의 모습을 보고 '조막손'이라고 놀렸다. 그러나 어머니는 나에게 엄격하면서도 때로는 따뜻하게 격려해주셨다.

"네가 할 수 있는 일을 열심히 해보는 거야. 왼손은 불편하지만 그래도 오른손이 있잖니. 또 걸을 수도 있고. 무엇보다도 학문을 할 수 있는 머리가 있지 않니."

나는 어머니의 말씀을 마음에 간직하고 강하게 살기로 했다.

나는 열여섯 살에 선생님과 친구들의 도움으로 왼손을 수술했다. 수술은 대성공이었다. 나는 왼손의 모양이 제대로 돌아오는 것을 보면서 새삼 의학에 감사하면서 나도 의사가 되겠다고 결심했다.

"의학은 얼마나 훌륭한가. 세상에는 나보다 더 괴로워하고 불쌍한 사람들이 많다. 나는 장래 의사가 되어 불쌍한 사람을 도우면서 남은 삶을 보내겠다."

이렇게 결심한 나는 처음에 병원에서 잡지 일을 하게 되었다. 나는 병원에서 고작 잡지 일을 할 수 있는 것에 대해서 실망했으나 불평은 하지 않았다. 잘하는 어학 실력을 살려 외국에 뛰어난 의학논문들을 번역하여 잡지에 실었다.

다음에 들어간 곳이 시바사부로 박사 연구소였다. 거기에서는 책을 정리하는 일을 했다. 그곳에 있으면서도 시간이 나면 틈틈이 외국의 의학논문을 번역하여 출판했다. 그 일로 기타자토 박사에게 인정을 받아 연구자로서 첫걸음을 딛게 되었다. 무슨 일을 할 때마다 "할 수 있는 일에 최선을 다하라"는 어머니의 말씀을 명심하고 그 말씀대로 열심히 했다.

사람들은 나를 천재라고 칭찬한다. 그러나 나는 그런 소리를 들을 때마다 이렇게 말한다.

"세상에 천재라는 것은 존재하지 않습니다. 천재는 곧 노력하는 사람입니다. 노력이 천재를 낳습니다. 보통 사람보다 세 배, 네 배 노력하는 사람이 곧 천재입니다."

*

괴로울 때라도 꿈을 놓아서는 안 된다.
막혔다고 생각할 때일수록 희망을 여는 노력을 잊지 말아야 한다.

+ 노구치 히데요 野口英世, 1876~1928
일본의 세균학자

진정한 용기

|

스피치보다는
거기서 전해지는 용기가 청중을 격려했다.
마틴 루터 킹

내가 고등학교 다닐 때의 일이다. 어느 도시에서 열린 웅변대회
에 출전하여 1등을 하고 즐거운 마음으로 버스에 올라탔다. 그
런데 한 백인 학생이 올라오더니 "좌석을 양보하라"고 말했다.
상대방이 나이가 많으면 기꺼이 좌석을 양보할 수 있으나 내
또래의 학생이 좌석을 양보하라고 하기에 나는 거절했다. 그
러나 그 백인 학생은 "흑인 따위가 좌석에 앉아 있느냐?"며 화
를 내는 것이었다.

할 수 없이 자리에서 일어나면서 웅변대회에서 1등을 해 기뻤던 마음은 사라지고 그 대신 흑인에 대한 인종 차별과 모멸감에 분노가 치밀었다. 아마도 당시의 체험은 '내 일생에서 가장 분한 체험'일 것이다.

그때부터 인종 차별에 대한 분노가 마음속에 자리 잡으면서 이것을 어떻게 해야 철폐할 수 있을까 하는 생각이 떠나지 않았다. 비록 마음은 있으나 방법도 용기도 없었다.

그리고 얼마 후에 다시 버스를 타게 되었다. 앨라배마 주에서 일어난 일이었다. 버스에 흑인 여성이 자리에 앉아 있었다. 그때 한 백인이 그 흑인 여성에게 다가가서 대뜸 자리를 비우라는 것이었다. 그 흑인 여성은 일어나지 않았다. 그녀는 불합리한 차별에 '노'를 한 것이다. 그러자 버스가 정차하고 경찰이 다가와서 그 흑인 여성을 체포해갔다.

단지 백인에게 자리를 양보하지 않았다는 이유로 경찰에 체포되는, 도저히 이해할 수 없는 일이 벌어진 것이다. 그 흑인 여성은 경찰에서 풀려난 이후 소위 '버스 보이콧 운동'을 시작했다. 그녀는 불합리한 차별에 맞서서 신념에 찬 목소리로 외치기 시작했다. 그녀는 바로 로자 파크스 여사다.

"버스 따위는 타지 않아도 좋다. 왜 차별 당해야 하는가!"

그녀의 신념에 찬 목소리에 용기를 얻은 흑인 2만 명은 그때부터 버스타기를 거절하고 걷기 시작했다. 그중에는 집에서 직장까지 20킬로나 걷는 직장인도 있었다. 어느 누구도 힘들고 불편한 걷기 운동을 거절하지 않고 모두가 인내심으로 동참했다.

출퇴근 시간에 거리에는 흑인들로 가득 찼다. 승객 없이 빈차로 달리는 버스를 향해 흑인들은 환성을 올리면서 당당하게 걸었다. 인내와 용기로 차별에 대항하는 거룩한 모습을 보면서 나는 내가 할 일이 무엇인지 깨닫기 시작했다. 그리고 굳게 결심했다. 이 불합리한 차별을 철폐시키기 위해 남은 인생을 바치겠다고.

그때부터 나의 마음속에는 "버스 따위는 타지 않아도 좋다. 왜 차별을 당해야 하는가!"라고 외친 로자 파크스 여사의 말이 떠나지 않고 내가 힘들 때마다 용기를 주었다.

악에 대한 분노와 정의를 관철시키고자 하는 신념과 용기를 가진 자에게는 두려움이 없다. 그런 사람의 목소리에는 힘이 있다. 많은 사람들을 감동시킨다.

✛ 마틴 루터 킹 Martin Luther King. 1929-1968
미국의 흑인 운동 지도자이자 목사

부단한 훈련과
노력으로 극복하다

|

출중한 웅변은
모두 부단히 노력한 결과이다.

제임스 가필드

나는 소년 시절에 어느 정치가의 연설을 듣고 웅변의 힘에 압도 당했다. 그리고 나도 저렇게 훌륭한 웅변가가 되기로 결심했다. 그러나 나는 태어날 때부터 말솜씨가 없었다. 게다가 사람들 앞에 서면 공연히 얼굴이 붉어지고 말았다. 그렇게 수줍을 많이 타는 내가 웅변가가 되겠다는 것은 도저히 상상할 수 없는 일이었다. 하지만 나는 꼭 웅변가가 되고 싶었다. 그리하여 웅변 연습을 열심히 한 다음 처음으로 강단에 서서 웅변을 했다.

야유가 쏟아졌다. 관중들은 귀에 거슬리는 나의 이상한 말투 때문에 비웃기만 했다. 아마도 듣기 어렵고 듣기 거북한 긴 어구를 사용했기 때문일 것이다. 게다가 목소리는 약하고 혀는 잘 돌아가지 않았다. 긴 문장을 짧게 잘라서 말하려는 의도가 제대로 전달되지 못했다. 그래서 청중들은 더욱 이해하지 못하는 것 같았다. 실망이 컸다. 그러나 나는 포기하지 않았다. 이 굴욕적인 체험이 나로 하여금 진정한 웅변가가 되겠다는 결심을 더욱 굳게 만들었다.

그런데 어떻게 해야 되는지 그 방법을 몰랐다. 곰곰히 생각한 끝에 소년 시절에 감동을 받았던 그 웅변가를 찾아갔다. 그리고 방법을 물었다. 그러자 그는 나에게 이렇게 말해주었다.

"사상 최고의 웅변가도 태어나면서부터 최고의 웅변가가 되는 것은 아니다. 그 훌륭한 웅변도 모두 부단히 노력한 결과물이다."

나는 그때부터 연습하고 또 연습했다. 어느 때는 거센 파도가 몰아치는 바닷가에 서서 큰 소리로 웅변 연습을 했다. 또 어느 때는 발음을 고치고자 입안에 작은 돌을 여러 개 넣고 소리를 내기도 했다.

땅굴에 연습장을 만들어 놓고 웅변할 때 제스처나 소리 내는 방법을 연습하기도 했다. 연습에만 매진하기 위해서 머리카락을 자르기도 했다. 머리카락이 없으면 남 앞에 설 수가 없기 때문이다.

그뿐만이 아니다. 나는 일상생활에서 사람들을 만나 대화를 하는 것도 일종의 훈련으로 삼았다. 사람들과 헤어진 다음에 곧바로 연습 장소에 들어가서 조금 전에 나눈 대화와 장면을 상기하며 잘못된 부분들을 고쳤다.

연습하는 과정이 힘들고 때로는 포기하고 싶은 생각이 들 때마다 "훌륭한 웅변은 모두 부단한 노력의 결과"라는 웅변가의 말을 상기하고 더욱 연습에 매달렸다. 그리하여 수많은 노력과 연습을 통해서 마침내 최고의 웅변가 반열에 설 수 있었다.

*

남이 알아주지 않아도 좋다.
"두고 보자!"고 이를 악물고 배우고 연습하고 훈련하는 사람이
자기의 사명을 다하여 승리를 맛볼 수 있다.

✦ 데모스테네스 Demosthenes, BC 384-322
고대 그리스의 웅변가, 정치가.

인생은 언제나
새롭게 시작할 수 있다

과거는 지울 수 없으나
인생은 새롭게 시작할 수 있다.

오하라 미쓰요

나는 중학교 때 반에서 친구들로부터 왕따를 당하면서부터 나락으로 떨어지게 되었다. 나는 견딜 수 없는 괴로움과 외로움에 자살을 기도했다. 죽음만이 이 고통에서 벗어날 수 있다고 생각했기 때문이다. 다행히 미수에 그쳐 목숨은 건질 수 있었다.

나는 그때부터 학교도 포기했다. 게다가 폭주족과 어울려 거리를 누비며 비행을 일삼았다. 그러다가 16세 때 야쿠자 두목과 결혼했다. 결혼 생활도 순탄할 리가 없었다. 6년 만에 이혼을 하고 술집 호스티스가 되어 날마다 술과 남자들 사이에서 살았다.

그러던 어느 날 아버지 친구분이 내가 근무하는 술집에 찾아오셨다. 나를 붙잡고 이런 생활을 청산하라고 충고하셨다. 그런 말을 들을 때마다 귓등으로 듣거나 어떤 때는 듣기 싫어서 도망을 간 적도 있었다. 그러나 아버지 친구분은 계속 나를 찾아와서 설득하셨다.

그러던 어느 날 아버지 친구분이 또 찾아와 이번에는 화를 내시면서 말씀하셨다.

"네가 이렇게 사는 것이 모두 네 책임만은 아니라는 것을 안다. 부모, 친구, 친척들도 모두 책임이 있다. 그러나 다시 일어서지 않는 것은 전적으로 네 책임이다."

묵묵히 듣고만 있는 나에게 아버지 친구분은 마지막으로 이렇게 말했다.

"과거는 지울 수 없다. 그러나 인생은 새롭게 출발할 수 있다."
아버지 친구분은 그 말을 남기고 가버렸다. 그리고는 다시 술집에 나타나지 않았다. 지금까지 많은 말을 들었지만 "과거는 지울 수 없지만 인생은 새롭게 출발할 수 있다"는 말이 귀에 맴

돌았다. 가슴 속에서 커다란 울림이 왔다.

그렇다. 과거는 지울 수 없지만 인생은 지금부터라도 얼마든지 새롭게 시작할 수 있는 것이다. 그리고 나는 마음속으로 다짐했다. 새로운 미래를 위해 최선을 다하겠다고.

나는 우선 공부부터 다시 시작하기로 했다. 학원에 등록하고 밥 먹는 시간을 아껴가며 공부에 몰두했다. 그렇게 공부한 지 10개월 만에 공인중개사 시험에 합격했다.

나는 거기에 만족하지 않고 사법서사 시험에 도전했다. 밤잠을 설쳐가면서 공부한 끝에 드디어 합격했다. 그리고 생각했다. 다시 새로운 미래를 준비하자고, 이것이 끝난 게 아니라고.

그리하여 나는 사법시험에 도전했다. 사법시험은 다른 시험과 달리 보통으로 노력해서는 될 일이 아니었다. 지치고 포기하고 싶은 생각이 들 때마다 아버지 친구분께서 눈물을 글썽이며 하신 말씀 "과거는 지울 수 없으나 인생은 새롭게 시작할 수 있다"는 말을 되새기면서 공부에 전력투구했다.

나는 이를 악물고 죽을힘을 다해 공부한 결과 마침내 사법시험에 합격했다. 그리고 29세에 변호사가 되었다.

나는 지난 과거를 생각하며 청소년을 돕는 일에 앞장서고 있다. 그리고 나는 그들에게 이렇게 말해주며 격려한다.

"너희들의 과거는 지울 수가 없다. 그러나 언제든 새롭게 인생을 출발할 수 있다. 그러므로 지금부터라도 다시 시작하라."

그리고 내가 살아온 삶을 숨김없이 그들에게 전한다. 그들도 나처럼 다시 시작하기를 바라는 마음에서다.

오늘날 나는 가끔 뒤를 돌아볼 때마다 아버지 친구분께서 술집에 찾아오셔서 내게 해주신 말 한마디가 나를 이렇게 변화시킨 것을 생각하고, 아버지 친구분께 새삼스럽게 감사하는 마음을 갖게 된다.

희망을 잃지 않으면 어떠한 역경도 이겨낼 수가 있다.
희망을 가진다면 어떤 환경에서도 새롭게 인생을 시작할 수 있다.

✚ 오히라 미쓰요 大平光代
일본의 작가, 변호사

내 인생을 바꿔줄 가슴 뛰는 한마디

1판 1쇄 인쇄 2015년 5월 4일
1판 1쇄 발행 2015년 5월 8일

지은이 박형근
펴낸이 임종관
펴낸곳 미래북
편집 정광희
본문디자인 서진원

등록 제 302-2003-000326호
주소 서울시 용산구 효창동 5-421호
마케팅 경기도 고양시 덕양구 화정동 965번지 한화 오벨리스크 1901호
전화 02)738-1227(대) | 팩스 02)738-1228
이메일 miraebook@hotmail.com

ISBN 978-89-92289-68-9   03810
값은 표지 뒷면에 표기되어 있습니다.
잘못된 책은 구입하신 서점에서 바꾸어 드립니다.